Hermann Kopp

Aurea catena Homeri

Antigonos

Hermann Kopp

Aurea catena Homeri

Unveränderter Nachdruck der Originalausgabe von 1880.

1. Auflage 2024 | ISBN: 978-3-38692-345-3

Antigonos Verlag ist ein Imprint der Outlook Verlagsgesellschaft mbH.

Verlag: Outlook Verlag GmbH, Zeilweg 44, 60439 Frankfurt, Deutschland, info@outlook-verlag.de
Vertretungsberechtigt: E. Roepke, Zeilweg 44, 60439 Frankfurt, Deutschland
Druck: Libri Plureos GmbH, Friedensallee 273, 22763 Hamburg, Deutschland

AUREA CATENA HOMERI.

AUREA CATENA HOMERI.

VON

HERMANN KOPP.

BRAUNSCHWEIG,

DRUCK UND VERLAG VON FRIEDRICH VIEWEG UND SOHN.

1880.

FRIEDRICH WÖHLER

ZUM

31. JULI 1880

ALS

DEM 81. GEBURTSTAG DESSELBEN

GEWIDMET.

Lieber Wöhler!

An Stelle des Briefes, den Du sonst gewöhnlich von
mir zu Deinem Geburtstag erhältst, wollte ich Dir zu dem
nächstkommenden 31. Juli, an welchem Du Dein achtzigstes
Lebensjahr vollendest, etwas meiner Theilnahme noch
in anderer Weise Ausdruck Gebendes zugehen lassen,
und die Widmung eines Schriftchens erschien mir dafür
als nicht ungeeignet. Aus dem uns Beiden durch Nei-
gung und Beruf zum eigentlich heimischen gewordenen
Gebiete wissenschaftlicher Thätigkeit, auf welchem ich
zu Dir hinaufsehe, lag mir nichts zu rechter Zeit Abzu-
schliessendes vor, und von den zur Zeit mich beschäftigenden Arbeiten dieser Art nicht einmal Solches,
welches das Herausnehmen eines abzurundenden Stückes
in geeigneter Weise erlaubt hätte. Aber noch nach
anderen Richtungen hin sind wir uns, und in Uebereinstimmung bezüglich Dessen was uns anzog, begegnet;
einig sind wir namentlich auch in der Verehrung
Goethe's und gemeinsam ist uns das Interesse für
immer besseres Verständniss Dessen, was er ausgesprochen hat. Auch auf dem Gebiete der Goethe-
Kunde warst Du mir immer über: in der Bekanntschaft
mit den Schöpfungen Goethe's, so dass Du stets, wo

passend, für einen auszusprechenden Gedanken als treffenden Ausdruck dafür abgebend sofort ein Wort, einen Vers Goethe's in Bereitschaft gehabt hast, und in der Bekanntschaft mit Dem, was einer, was einer anderen Stelle zur Erklärung gereicht. Aber über Etwas, was zu Goethe in Beziehung steht, weiss ich doch, denk' ich, jetzt etwas mehr als Du, und Das, was ich darüber weiss, glaube ich Dir in der vorliegenden Form mittheilen zu dürfen: ein Stück aus einer grösseren, mich seit längerer Zeit in s. g. Mussestunden beschäftigenden Arbeit, welchem durch Zufügung von Einigem, durch Weglassung von Mehrerem die Befähigung zu selbstständiger Existenz zu geben ich gesucht habe.

Die goldene Kette des Homer ist der Gegenstand des Angebindes, welches ich Dir widme. Diese goldene Kette ist nicht ein Ergebniss von Ausgrabungen, wie sie in neuerer Zeit mit so staunenswerthen Resultaten ausgeführt worden sind. Aber Etwas wie eine Ausgrabung gehört doch auch wesentlich mit zu Dem, was das vorliegende Schriftchen etwa Nützliches bringen mag: dass in ihm ans Licht gezogen wird ein vor 134 Jahren begrabener Mann, der wohl auch bei Lebzeiten nur Wenigen als Schriftsteller bekannt war und dessen dann gar nicht mehr gedacht worden ist, und welcher doch durch Ein Werk im vorigen Jahrhundert auf Unzählige, unter Diesen auch auf Goethe in der Jugend desselben, erheblichsten Einfluss ausgeübt hat und hiernach, dass man sich seiner erinnere, mehr verdient, als Viele, deren Namen sich in der Literär-Geschichte erhalten haben.

IX

Lass mich noch Dir auch hier meinen Dank für
die Freundschaft aussprechen, welche Du mir eine lange
Reihe von Jahren hindurch ununterbrochen bewährt
hast, und meinen Wunsch, dass der Tage noch viele sein
mögen, wo ich so wie heute an Dich denken kann.

Heidelberg, den 7. Juni 1880.

Dein treuer

Hermann Kopp.

INHALT.

Von früher Zeit an bis zu der uns nächststehenden ist vielfach
daran geglaubt worden, dass auf verschiedenen Gebieten des Wissens
eine tiefer gehende und höher hinaufreichende Einsicht erlangt sei,
als die in den Lehren enthaltene, welche als den jeweiligen Zustand
des Wissens angebend bekannt oder doch zugänglich sind, so fern
sie offen dargelegt werden: eine von Denen, welche sie erlangt
haben, versteckt gehaltene oder doch nur dunkel angedeutete Einsicht, die einigen wenigen besonders Begnadeten in übernatürlicher
Weise, auf dem Wege der Offenbarung durch höhere Wesen zu-
gekommen sein könne, deren aber sonst nur Wenige theilhaftig
zu werden vermögen, die der Einweihung in die Geheimlehren würdig
befunden seien oder sich die Befähigung zum richtigen Verständniss
dunkeler Andeutungen mühsam erworben haben, wenn ihnen überhaupt durch besondere Schickung die Begabung zur Aneignung
solcher Einsicht zu Theil geworden sei.   Nicht zum ersten Male
giebt sich dieser Glaube in der Sage kund, welche — anknüpfend
an das in dem I. Buch Moses darüber, dass die Kinder Gottes mit
den Töchtern der Menschen verbotene Verbindungen eingingen,
Angegebene — in dem in dem zweiten Jahrhundert vor dem Beginn
unserer Zeitrechnung verfassten Buch Henoch berichtet ist: dass
und wie viele Engel sich zu den Töchtern der Menschen hingezogen
fühlten und dass im Verkehr mit denselben namentlich Einer der
Engel Solches bekannt werden liess, was eigentlich den Schönen
verborgen bleiben sollte: wie verschiedene Schmucksachen zu beschaffen und wie der Wohlgefälligkeit des Antlitzes durch Kunst
nachzuhelfen sei; um Geheimwissen handelte es sich hier mindestens
zunächst (dass Diejenige, welcher Azâzêl — so hiess jener Wohl-
thäter des schönen Geschlechtes — die Geheimnisse zunächst an-
vertraut hatte, dieselben nicht für sich behielt, lag gleichsam in der

Natur der Sache), und zwar nicht etwa bloss in dem Sinn, wie wir jetzt noch Schminkkünste und dergleichen als Etwas, wovon man gar Nichts wissen darf, betrachten. Und nicht zum letzten Male wird der Glaube an ein höheres Wissen, als das von den Koryphäen der gewöhnlichen Wissenschaft gekannte bez.-w. anerkannte, sich in unserer Zeit in Dem kundgegeben haben, was anlässlich der durch spiritistische Medien bewirkten Erscheinungen überzeugungsvoll berichtet wird. — Geglaubt wurde von früher Zeit her daran, dass die Einsicht erlangt und zu erlangen sei, wie der Mensch zu der Geisterwelt in ein näheres Verhältniss treten könne und darauf hin Uebernatürliches zu bewirken vermöge, wie die Zukunft voraus zu bestimmen und anderes Wunderbares zu leisten sei; geglaubt wurde daran, dass wenigen Wissenden die verborgensten Geheimnisse der Natur bekannt seien und damit die Mittel, Reichthum und Gesundheit zu sichern. Unter Dem, was als Geheimwissen noch in der zweiten Hälfte des vorigen Jahrhunderts von Vielen angestrebt wurde, ist das s. g. Hermetische besonders hervortretend: wie durch Verfahren, welche die gewöhnliche oder profane Chemie nicht kenne, edle Metalle künstlich darzustellen, wie heilkräftigst wirkende Arzneien, sogar eine alle körperlichen Leiden rasch beseitigende Universalmedicin oder das, langes und von Krankheiten freies Leben sichernde Lebenselixir zu bereiten seien. Selbst geistig hochstehende Männer waren, zeitweise wenigstens, damals noch in dem Glauben befangen, dass solche Aufgaben zu lösen möglich sei, und mit Versuchen hierfür beschäftigt. Auch G o e t h e betheiligte sich in seiner Jugend eine Zeit lang an derartigen Bestrebungen, und noch in späteren Jahren treten bei ihm die Erinnerungen an Das, was ihn damals beschäftigte, in beachtenswerthester Weise hervor.

In dem 8. Buch von „Dichtung und Wahrheit" hat G o e t h e mitgetheilt, wie er, neunzehn Jahre alt, nach dem Besuche der Universität Leipzig nach Frankfurt a. M. im Spätsommer 1768 heimgekehrt dazu gekommen war. Er war damals leidend. Der ihn in Frankfurt behandelnde Arzt wusste das Vertrauen, dessen er bei seinen Patienten genoss, dadurch zu erhöhen, dass er Diese daran glauben liess, ihm stehen für schlimmste Fälle einige geheimnissvolle selbstbereitete Arzneien zu Gebote, namentlich ein nur in grössten Gefahren anzuwendendes, dann aber auch günstigste Wirkung versprechendes Salz. Zur Erregung und Stärkung des Glaubens an die Existenz eines solchen Heilmittels empfahl der Arzt dafür empfänglichen Patienten das Lesen gewisser mystisch - chemischer Schriften, und er liess dabei die Aussicht sich eröffnen, dass das Studium dieser Schriften einen eifrig Strebenden wohl dazu befähigen könne, selbst die Einsicht zu gewinnen, wie dieses unschätzbare Heilmittel zu bereiten und zu gebrauchen sei; eine Vorschrift hierfür dürfe nicht Einer dem Anderen offen mittheilen, sondern auf selbsterworbener Kenntniss der Geheimnisse der Natur müsse die Bekanntschaft mit der Darstellung und der Anwendung dieser Universalmedicin beruhen. - Goethe war zu jener Zeit in freundschaftliche Beziehung zu einer sehr religiös gestimmten näheren Bekannten seiner Mutter, dem Fräulein Susanna Katharina von Klettenberg (geboren 1723, gestorben 1774) getreten: der Dame, welche er als Die nennt, aus deren Unterhaltungen und Briefen die in „Wilhelm Meister" eingeschalteten „Bekenntnisse einer schönen Seele" entstanden seien. Auch auf Fräulein von Klettenberg hatte jener Arzt in der angegebenen Weise einzuwirken gesucht, und mit Erfolg: sie hatte begonnen, Welling's *Opus mago-cabbalisticum* zu studiren und auch zu experimentiren. Sie gab die Anregung, dass Goethe sich gleicher Beschäftigung hingab, dessen Eifer noch wesentlich dadurch erhöht wurde, dass an ihm selbst, als sein Zustand sich einmal in gefährlich erscheinendem Grade verschlimmerte, die Wirkung der ihm vom Arzt gereichten Universalmedicin sich erprobte. Goethe suchte gleichfalls in Welling's Werk Belehrung, und da der Inhalt desselben ihm und Fräulein von Klettenberg dunkel und unverständlich blieb, wendeten sich beide einigen älteren Schriften zu, in welchen sie deutlichere Auskunft zu finden hofften: Werken von Paracelsus, Basilius Valentinus, van Helmont, Starkey und Anderen; „mir wollte," sagt Goethe, besonders die *Aurea catena Homeri* gefallen, wodurch die Natur, wenn auch vielleicht auf phantastische Weise, in einer schönen Verknüpfung dargestellt wird".

Auch bei Goethe fügte sich dem Studium Hermetischer Schriften bald die Ausführung von Experimenten hinzu, welche etwas als möglich Betrachtetes verwirklichen sollten. Brachten auch diese praktischen Arbeiten nicht den erwarteten Erfolg, so waren sie doch unterhaltend und in mancher Beziehung belehrend; der Eifer, mit welchem sich Goethe der Erfassung Hermetischen Wissens befleissigte, erkaltete nicht so bald. In der in Frankfurt eingeschlagenen Richtung strebte Goethe noch weiter, nachdem er nach Strassburg gegangen war; wie er im 10. Buch von „Dichtung und Wahrheit" erwähnt, verbarg er da vor Herder am Meisten seine mystisch-kabbalistische Chemie, mit welcher er sich noch sehr gern heimlich beschäftigte. Ueber die Zeit hinaus, in welcher die Hermetische Chemie so viel Anziehung auf ihn ausübte, findet sich bei ihm die Kundgebung des damals ihm gewordenen Eindrucks: in Dem, was auf Chemie, so wie er sie damals kennen gelernt hatte, und Alchemie Bezügliches sein „Faust" enthält, z. B.; in jener frühen Zeit war wohl der Grund zu der in der „Geschichte der Farbenlehre" hervortretenden Bekanntschaft mit alchemistischer Literatur gelegt, aber es wurde da auch bei Goethe das später noch mehrfach bethätigte Interesse dafür angeregt, zu welchen Resultaten die Chemie in nüchternerer Auffassung der Aufgabe derselben gelangt sei.

Natürlich haben sich die Ausleger Goethe's auch mit Dem, was er über seine Hermetischen Bestrebungen mitgetheilt hat, beschäftigt, und in Rücksicht auf die Personen, die Schriften, die Substanzen, welche da namhaft gemacht sind oder auf die da Bezug genommen ist, hat man Manches als Erläuterung bietend bei- und vorgebracht; Solches findet man namentlich in G. von Loeper's Anmerkungen zu „Dichtung und Wahrheit" (im XXI. Theil der in Berlin bei G. Hempel herausgekommenen Ausgabe der Werke Goethe's S. 348 ff.) zusammengestellt. Hier sei nur bezüglich der Werke, welche Goethe zur Erwerbung Hermetischen Wissens in Frankfurt studirte, Einiges bemerkt. Mehrere dieser Werke haben für die Geschichte der Chemie dauernde Bedeutung und können in so fern jetzt noch bekanntere genannt werden. So die im Anfang des sechszehnten Jahrhunderts unter Basilius Valentinus' Namen verbreiteten Schriften, wenn gleich es noch unentschieden ist, wann und von wem sie verfasst sind. So die Schriften des Paracelsus und des van Helmont; was diese Schriften enthalten, welchen Einfluss auf verschiedene Zweige des Wissens ihre Verfasser: der Erstere in der ersten Hälfte des sechszehnten, der Letztere in der ersten Hälfte des siebzehnten Jahrhunderts ausgeübt haben, ist oft und noch in der neueren Zeit Gegenstand historischer Forschung gewesen. Ungleich geringere Wichtigkeit kommt den in der zweiten Hälfte des siebzehnten Jahrhunderts veröffentlichten alchemistischen Tractaten des Georg Starkey zu. Welling's *Opus mago-cabbalisticum et theosophicum*, welches in dem vorigen Jahrhundert die Köpfe Vieler verwirrte, ist für die Geschichte der Verirrungen des menschlichen Geistes jetzt noch beachtenswerth (1735 zuerst veröffentlicht wurde es mehrmals, zuletzt noch 1784 wieder aufgelegt). Ungleich weniger, als bezüglich dieser von Goethe studirten Hermetischen Schriften ist bezüglich des Buches bekannt, von welchem Goethe sagt, dass es ihm vorzugsweise gefallen habe, da in ihm die Natur, wenn auch vielleicht auf phantastische Weise, in einer schönen Verknüpfung dargestellt werde, und von dessen Inhalt Einzelnes ihm noch, als er den ersten Theil des „Faust" dichtete, vorgeschwebt und da namentlich einer Stelle sich zu Grund gelegt zu haben scheint, deren Deutung: auf was dieselbe sich eigentlich beziehe, bisher nicht genügend gegeben ist *).

-----

*) Ich meine die Stelle in Mephistopheles' Gespräch mit dem Schüler, in welcher der Erstere sagt:

> Wer will was Lebendigs erkennen und beschreiben,
> Sucht erst den Geist herauszutreiben;
> Dann hat er die Theile in seiner Hand,
> Fehlt leider nur das geistige Band.
> *Encheiresin naturae* nennt's die Chemie,
> Spottet ihrer selbst, und weiss nicht wie.

Der Sinn Dessen, was da gesagt wird, ist, dass man, statt Erscheinungen geistig zu erfassen, nur darauf ausgehe, das ihnen zu Grunde Liegende sinnlich wahrnehmbar, handgreiflich in der eigentlichen Bedeutung des Wortes zu machen, und dass die in dieser Richtung betriebene Chemie unbewusst ihrer selbst spotte, sich lächerlich mache.

Nachzuweisen, dass in einer chemischen Schrift dieses Streben bez.-w. die Bearbeitung der so wie angegeben gestellten Aufgabe als *Encheiresis naturae* bezeichnet worden wäre, ist mir so wenig als Düntzer (Goethe's Faust, zum ersten Male vollständig erläutert; I. Theil, 2. Ausg., Leipzig 1854, S. 245) gelungen. Aber man hat wohl zur Deutung der Stelle, und wie Goethe zur Verwendung jener Bezeichnung kam, zweierlei zu unterscheiden: was er dem Sinne nach sagen wollte und wodurch er, Das zu sagen, veranlasst gewesen sein mag, und wie er Das sagte: in welcher Weise er die von Mephistopheles charakterisirte Richtung als eine namentlich von

Ueber dieses Buch, welches bei Goethe noch nach vielen Jahren in so guter Erinnerung stand, möchte ich hier einige Auskunft geben,

---

der Chemie eingeschlagene bezeichnete. Das „wie“, und speciell der dafür verwendete Ausdruck *Encheiresis naturae* könnte als ein für das „was“ treffend zu brauchender als ein Goethe ganz zugehöriger zu betrachten sein.

Der Ausdruck *Encheiresis* bot sich Goethe als ein in Schriften, die noch in der Zeit seiner Hermetischen Beschäftigungen verbreitete waren, vorkommender. Ein verwandter Ausdruck: *Encheria* o. *Enchirisis* war — der eigentlichen Bedeutung von ἐγχειρία o. ἐγχείρισις (das Einhändigen, Ueberliefern) nicht genau entsprechend — gegen das Ende des sechszehnten Jahrhunderts von Libavius in Dessen als *Alchemia* betiteltem (1595 zuerst veröffentlichtem) Lehrbuch der Chemie gebraucht, einen Theil des chemischen Wissens: wie chemische Operationen vorzunehmen seien, bezeichnend, also etwa in dem Sinne von „Handgriff-Lehre“. Nicht aus früherer Zeit, als aus dem siebzehnten Jahrhundert, ist mir der Ausdruck *Encheiresis*, auf welchen es hier ankommt (ἐγχείρησις, das Angreifen oder Anfangen, die Behandlungsart), als in alchemistischen oder chemischen Schriften vorkommend bekannt. Das unter dem Titel *Mundus subterraneus* (zuerst 1664) veröffentlichte Werk des Athan. Kircher hat da (*Lib.* XI, *sect.* II, *cap.* 4), wo von der Verwirklichung des grossen Geheimnisses der Alchemie: der Darstellung des Steins der Weisen gehandelt wird, diesen Ausdruck im Sinne von Handarbeit oder Manipulation: *Sed jam revertamur ad ἐγχείρησιν, qua lapidis mysterium completur.* Friedr. Hoffmann nahm in seiner (zuerst 1705 veröffentlichten) Schrift über das Karlsbader Mineralwasser (*Disquisitio physico-medica de thermis Carolinis, earum caloris causa etc.*) Bezug auf den merkwürdigen Versuch, bei welchem eine stark leuchtende Flamme zum Vorschein kommt, wenn mit dem gehörigen Handgriff, *debita enchiresi*, concentrirte rauchende Salpetersäure zu Gewürznelkenöl gesetzt wird. Aber um die Mitte des achtzehnten Jahrhunderts ganz besonders verbreitete chemische Schriften, in welchen bez.-w. schon auf deren Titeln der Ausdruck *Encheiresis* die Ausführung chemischer Operationen bedeutend vorkommt, waren Compendien der Chemie, welche auf Grund der von Georg Ernst Stahl — dem Begründer der in der Chemie bis zum letzten Viertel des vorigen Jahrhunderts herrschenden Phlogiston-Theorie — gehaltenen Vorlesungen die Lehren dieser in grösstem Ansehen stehenden chemischen Autorität zu allgemeinerer Kenntniss brachten: die von Fr. Roth-Scholz 1721 herausgegebenen *Fundamenta chymico-pharmaceutica ac manuductio ad encheireses artis pharmaceuticae speciales*; ferner die von einem Unbekannten 1732 herausgegebenen *Fundamenta chymiae dogmaticae rationalis et experimentalis, quae planam et plenam viam ad theoriam et praxim artis hujus tam vulgarioris, quam sublimioris, per solida ratiocinia' et dextras encheireses sternunt*; und als ein vorzugsweise viel gebrauchtes Lehrbuch die (von Joh. Sam. Carl, mit Stahl's Einwilligung) zuerst 1723 veröffentlichten und mehrmals wiederaufgelegten *Fundamenta chymiae dogmaticae et experimentalis*, in welchen gelehrt wird, dass als die letzten Bestandtheile der Körper im chemischen Sinn diejenigen aufgefasst werden,

und zur Vervollständigung Dessen, was ich über es erfahren konnte,
möchte ich anregen.

---

zu welchen erfahrungsgemäss durch die bis dahin bekannten Operationen
— *per enchireses hactenus notas* — alle Körper zerlegt werden können.

Der Ausdruck *Encheiresis* dafür, wie man aus allen Körpern die Theile
derselben in die Hand bekommen könne, konnte also in der Zeit, in welcher
Goethe der Erwerbung Hermetischen Wissens oblag, ihm bekannt werden
und ihm von daher noch in späterer Zeit zur Bezeichnung der Zerlegung
Dessen, was die Natur bietet, als ein passender nahe liegen.   Den Gedanken aber, welchen Goethe durch Mephistopheles aussprechen liess: dass
die Chemie mit solcher Art von Handgreiflichmachung von Objecten die Erkenntniss Dessen, was diese Objecte zu ergeben vermöge, erzielen zu können
glaube, an Stelle der geistigen Erfassung, wie gewisse Dinge unter einander
zusammenhängen, Das anstrebe, diesen Zusammenhang, und namentlich wie
Eines aus einem Anderen werde, handgreiflich vor Augen zu führen, — diesen
Gedanken mag Goethe wohl von dem Studium der *Aurea catena Homeri*
her gehabt haben.   Im 2. Cap. des I. Theils dieses Werkes, in welchem
Capitel darüber „Aus wem oder woraus alles geboren worden" gehandelt
wird, erörtert der Verfasser, dass, was nach Gottes Willen bei der Weltschöpfung aus dem grossen Nichts zuerst entstand, „als ein Dampff, Nebel
und Rauch-Wasser" existirte, und spricht sich (ich gebe seine Worte nach
der Ausgabe von 1723) dann weiter aus: „Hieraus kan nun jeder schliessen,
was die Natur und was dessen Ursprung, und von was Anfang solche her-
rühret, denn solches klärlich kan und wird nachgehends dargestellet und
gewiesen werden.   Dass die Welt aus dem Dampff worden, und dass der
Dampff zu Wasser und das Wasser zu Dampff wird, ist ja augenscheinlich.
Wir sehen ja zwischen Himmel und Erden nichts als Dampff, Rauch und
Nebel und Wasser, so da von der Erd-Wasser-*Sphaer* durch die *Central*-
Hitze angetrieben in die *region* der Lufft sich auf*sublimiret*; und so uns
zugelassen wäre, die subtilen Ausflüsse oder Dämpffe der Himmel zu sehen,
so würden wir deren *influens*, so sich von oben herunter in diese von (uns)
unten herauf *sublimir*te Dämpffe einlassen und *conjungir*en, auch sehen können.   Weilen wir solches aber mit unsern dunckeln Augen nicht sehen können, müssen wir" [doch] „solches mit Sinnen begreifen und denn *per praxin
Chymicam* mit Händen tasten, als *quod in macrocosmo, id quoque in micro-
cosmo, et quod est superius, id quoque inferius"*.   Ich kenne doch Nichts
in alchemistischen oder chemischen·Schriften, an was sich die uns in dieser
Anmerkung beschäftigende Stelle aus „Faust" besser anlegen liesse, als an
das im Vorstehenden Mitgetheilte.

Uebrigens lag es nahe, in der 1762 veröffentlichten lateinischen Uebersetzung der *Aurea catena Homeri* nachzusehen, ob da etwa für die Uebertragung der uns hauptsächlich in Betracht kommenden Worte der Ausdruck
Encheiresis in Anwendung gebracht sei; aber er steht da nicht (*Quoniam
vero id oculis nostris mole carnea obvelatis denegatur, sensibus nobis id
assequendum est ac demum per praxin chymicam manibus palpandum*, sind
diese Worte da wiedergegeben).

Die *Aurea catena Homeri* ist im vorigen Jahrhundert ein auch noch von vielen Anderen hochgeschätztes Buch gewesen; jetzt ist dieses Buch wie verschollen. Selbst umfangreichere und viele Bücher aufzählende literargeschichtliche Werke unseres Jahrhunderts gedenken dieses Buches nicht; vergeblich suchte ich nach einer Angabe über dasselbe in Grässe's Lehrbuch einer allgemeinen Literärgeschichte und in Dessen *Trésor de livres rares et précieux* (die *Bibliotheca magica* desselben Verfassers konnte ich nicht einsehen), oder in Brunet's *Manuel du libraire et de l'amateur de livres*: in Werken, welche doch über viele Hermetische Schriften Etwas haben. Auch in den in unserem Jahrhundert erschienenen Specialgeschichten der Chemie und der Alchemie wird, so viel ich ersehen konnte, dieses Buches nicht erwähnt, welchem doch danach einiges Interesse zukommt, wie es während längerer Zeit in Vieler Händen war und die Köpfe Vieler beschäftigte, wie es eine früher verbreitete Richtung repräsentirt und zu weiterer Verbreitung dieser Richtung in einer Weise mitgewirkt hat, dass auch Goethe in seiner Jugend dem dadurch auf ihn ausgeübten Einfluss nicht widerstand.

Das Buch, von welchem Dies sich sagen lässt, ist nicht so frühe gedruckt worden, als man wohl nach vorliegenden Angaben über ein unter dem nämlichen Titel veröffentlichtes glauben könnte. In Lenglet du Fresnoy's *Histoire de la philosophie hermétique* wird (*T. III, Paris* 1742, *p.* 133) in dem *Catalogue alphabétique des ouvrages de la philosophie hermétique* auch aufgeführt: *Aurea catena Homeri, in* 8°. *Francofurti* 1623, und dieselbe Angabe findet sich dann auch in Joh. Friedr. Gmelin's Geschichte der Chemie (I. Bd., Göttingen 1797, S. 501) da, wo die in den ersten Decennien des siebzehnten Jahrhunderts anonym veröffentlichten alchemistischen Schriften aufgezählt werden. Dieses Buch scheint nach der von Lenglet du Fresnoy der Anführung desselben beigesetzten Bemerkung*) ein eigentlich alchemistischer Tractat gewesen zu sein, in welchem

---

*) *Les chimistes, qui ont cru trouver la pierre philosophale dans tous les grands auteurs, l'ont même cherché dans Homère, et c'est ce qui a produit ce livre.* — Der erste Theil dieser Bemerkung ist der Wahrheit entsprechend. Ich habe in meinen Beiträgen zur Geschichte der Chemie, I. Stück, Braunschweig 1869, S. 13 ff. u. 20 ff. Einiges zusammengestellt, was ersehen lässt, in wie toller Weise noch im siebzehnten Jahrhundert in Homer's, Pin-

Stellen aus Homer als Andeutungen enthaltend, wie der die unedlen
Metalle zu Gold umwandelnde Stein der Weisen darzustellen sei,
besprochen wurden. Das von Lenglet du Fresnoy unter dem
angegebenen Titel als 1623 erschienen aufgeführte Buch scheint ein
solcher Tractat gewesen zu sein: selbstverständlich bei Voraus-
setzung, dass es überhaupt existirt hat. Aber ich gestehe offen, dass
ich, ob Dies wirklich der Fall sei, sehr erhebliche Zweifel hege.
Nicht etwa desshalb, weil mir trotz aller, ernstlichst und lange
aufgewendeter Bemühungen ein solches Buch zu erhalten nicht gelungen ist. Sondern wesentlich desshalb, weil Lenglet du Fresnoy, welcher doch die die Alchemie und was dazu in Beziehung
steht betreffende Literatur bis 1739 gegeben hat, eine andere *Aurea catena Homeri*, als die welche 1623 zu Frankfurt veröffentlicht
worden sein soll, und speciell die 1723 zu Frankfurt (und Leipzig)
veröffentlichte nicht kennt. Da mag es doch als wahrscheinlich betrachtet werden, dass er bei dem Excerpiren des ihm wohl nur durch
ein Citat bekannt gewordenen Titels einen Schreibfehler beging,
falls nicht das Citat selbst schon 1623 statt 1723 hatte; bei zuver-
lässigeren Autoren, als es dieser Abbé war, welcher schon hoch in
den Sechzigen noch an die Bearbeitung der Geschichte und der
Literatur der s. g. Hermetischen Philosophie ging, findet man ja auch
ab und zu in der Jahreszahl eines Werkes eine unrichtige Ziffer an Stelle
der richtigen (ein Beispiel kommt uns gleich S. 11 in der oberen
Anmerkung vor). Und meine hierdurch angeregten Zweifel werden
auch nicht durch die von Lenglet du Fresnoy der Anführung
einer *Aurea catena Homeri* von 1623 beigesetzte Bemerkung gehoben,
welche schliessen lassen könnte, dass er das Buch selbst eingesehen
habe; er wäre auch nicht einzig in seiner Art dastehend, wenn er
auf Grund des Titels eines Buches, ohne das letztere je in Händen
gehabt zu haben, eine Bemerkung über den ihm muthmasslichen
Inhalt desselben gemacht hätte.

Jedenfalls enthielt das Buch, welches Goethe mit Fräulein
von Klettenberg las und das dem Ersteren besonders wohlgefiel,

---

dar's, Virgil's, Ovid's Gedichten und in anderen aus dem Alterthum
überkommenen griechischen und lateinischen Schriften Enthaltenes als auf
Alchemie bezüglich gedeutet worden ist.

von der Art von Unsinn Nichts, welche in einer *Aurea catena Homeri*
von 1623 gestanden haben soll. Die erste Ausgabe dieses Buches
erschien erst 100 Jahre später unter dem Titel: „*Aurea catena Homeri*. Oder: Eine Beschreibung Von dem Ursprung Der Natur und
natürlichen Dingen, Wie und woraus sie geboren und gezeuget,
auch wie sie in ihr uranfänglich Wesen zerstöret werden, auch was
das Ding sey, welches alles gebäret und wieder zerstöret, nach der
Natur selbst eigener Anleitung und Ordnung auf das einfältigste gezeiget, und mit seinen schönsten *rationibus* und Ursachen überall
illustriret. Wenn ihr nicht verstehet, was irdisch ist: Wie wollet
ihr denn verstehen, was himmlisch ist? Franckfurt und Leipzig, Ver-
legts Johann Georg Böhme, Im Jahr 1723"; in der „Vorerinnerung
des *Editoris*" dieser Ausgabe wird diese mit Bestimmtheit als die
erste im Druck erschienene Veröffentlichung eines bis dahin nur in
Abschriften verbreiteten Werkes hingestellt. Von dieser Ausgabe
mit der Jahreszahl 1723 giebt es übrigens zwei, bei sonst gleicher
typographischer Einrichtung sich in den Initialbuchstaben und
anderen Verzierungen unterscheidende Auflagen. Dann kamen,
gleichfalls zu Frankfurt und Leipzig, 1728 und 1738 Ausgaben dieses
Buches heraus. Im Wesentlichen den nämlichen Titel hat noch eine
1757 in Jena erschienene Ausgabe, die sich rühmt, eine nach einem
accuraten und vollständigen Manuscript fast überall verbesserte und
beträchtlich vermehrte zu sein, indessen im Vergleich mit der von
1723 nur wenige als erhebliche zu bezeichnende Varianten (als be-
deutendere am Schlusse des II. Theiles einen längeren, in der Ausgabe von 1723 fehlenden Passus) hat. Ob noch andere deutsche
Ausgaben dieses Werkes vor 1781 erschienen sind, muss ich dahin
gestellt sein lassen. Im Verlauf meiner auf diesen Gegenstand gerichteten Erkundigungen theilte mir Einer mit, er habe eine Jenaer
Ausgabe von 1754 gehabt, und ein Anderer, es gebe eine Wiener
Ausgabe von 1759; da ich keine von diesen Ausgaben erhalten, auch
sonst Nichts in Erfahrung gebracht habe, was die Existenz derselben
bezeuge, muss ich die letztere als zweifelhaft betrachten.

Unter dem abgeänderten Titel „*Annulus Platonis* oder physika-
lisch-chymische Erklärung der Natur nach ihrer Entstehung, Erhaltung und Zerstöhrung, von einer Gesellschaft ächter Naturforscher
aufs neue verbessert und mit vielen wichtigen Anmerkungen heraus-

gegeben. Berlin und Leipzig, 1781" *) erschien die letzte Ausgabe dieses Buches; der Inhalt ist auch da wiederum in allem Wesentlichen der der vorhergehenden Ausgaben, aber die Ausdrucksweise etwas geglättet. Nach der dieser Ausgabe beigegebenen Vorrede war die die erstere besorgende „Gesellschaft ächter Naturforscher" eine von Rosenkreuzern. Die Vorrede ist Phlebochron unterzeichnet; welcher Rosenkreuzer diesen Bundesnamen führte, konnte ich nicht ausfindig machen. Bei dem Durchgehen der (jetzt auf der Universitäts-Bibliothek zu Giessen befindlichen) Zuschriften, welche ein im Anfang dieses Jahrhunderts in Königsberg in Pr. bestehender rosenkreuzerischer Alchemisten-Zirkel an Herrn von Sternhayn in Karlsruhe als den Vertreter einer Hermetischen Gesellschaft gerichtet hat, habe ich in einem Brief eines in Rosenkreuzer-Kreisen gut bekannten Predigers Mayer die Angabe gefunden, dass der nachherige Minister Wöllner und der durch eine *Physica sacra* bekannte Jügel in Berlin die Ausgabe von 1781 besorgt haben. Nach Dem, was über Wöllner — Derselbe hiess als Rosenkreuzer Ophiron, Chrysophiron, auch Heliconius (Allgemeines Handbuch der Freimaurerei, 2. Aufl., III. Band, Leipzig 1867, S. 483), und könnte auch den Namen Phlebochron geführt haben — bekannt ist, dürfte man sich zu ihm wohl solcher That versehen; von Jügel (über welchen in Berlin wohl genauere Auskunft gegeben werden könnte), weiss ich jetzt nur, dass ein Solcher wirklich existirt und in einer zu jener Angabe gut passenden Zeit so Etwas wie eine *Physica sacra* veröffentlicht hat**); also mag die mitgetheilte Angabe Mayer's wohl der Wahrheit gemäss sein.

---

*) Wie ein selbstständiges (neues) zu der Hermetischen Literatur gehöriges Buch ist in Joh. Friedr. Gmelin's Geschichte der Chemie, III. Band, Göttingen 1799, S. 250 f. aufgeführt: „*Annulus Platonis* oder physikalisch-chemische Erklärung der Natur, nach ihrer Entstehung, Erhaltung und Zerstöhrung, von einer Gesellschaft ächter Naturforscher auf das neue völlig umgearbeitet, und mit vielen wichtigen Anmerkungen herausgegeben. Berlin. 1771. 8." Das da gemeinte Buch kann nach der fast vollständigen Uebereinstimmung der Titel kein anderes sein, als die oben besprochene letzte Ausgabe der *Aurea catena Homeri*; diese Ausgabe wurde aber nicht 1771, sondern erst 1781 veröffentlicht.

**) Nach C. C. F. W. von Nettelbladt's Geschichte freimaurerischer Systeme in England, Frankreich und Deutschland (Berlin 1879), S. 543 wurde — wie es scheint in den 1780er Jahren — in dem Hamburger Rosen-

Alle vorerwähnten Ausgaben des hier in Rede stehenden Buches geben den Inhalt desselben in der Sprache, in welcher es ursprünglich verfasst war: der deutschen. Aber es wurde auch 1762 zu Frankfurt und Leipzig eine, dem König Friedrich II. von Preussen gewidmete lateinische Uebersetzung (unter dem Titel *Aurea catena Homeri**) verlegt, welche ein M. D. Ludov. Favrat zu Payerne o. Peterlingen in der Schweiz gefertigt hat.

Dieses Werk bringt in zwei Theilen auf etwa 400 Seiten mässigen Octav - Formates (nahezu so viele füllen diese zwei Theile in den älteren Ausgaben; die Ausgabe von 1781 ist wegen der zahlreichen, theilweise sehr langen Anmerkungen von beträchtlich grösserem Umfang) eine Art Naturkunde, deren Charakter ich nachher etwas eingehender zu besprechen haben werde. Doch ist gleich hier zu erinnern, dass diese zwei Theile, wie auch in ihnen chemische Betrachtungen eine Rolle spielen, doch nicht eigentlich Alchemistisches: nicht die directe künstliche Metallveredlung zum Gegenstande haben. Auch wo (im 4. Cap. des II. Theils) der Verfasser davon redet, er könne wohl über *Transmutationes* genauere Auskunft geben und werde Dies vielleicht in einem anderen Tractat deutlichst thun, sagt er ausdrücklich, dass er nicht Verwandlungen eines Metalls in ein anderes, von Kupfer oder Blei in Gold z. B. meine, sondern von der Natur in der Art bewirkte, dass sie aus Mineralien Pflanzen und aus diesen Thiere werden lasse. Bei dem Ansehen, in welchem das Werk im vorigen Jahrhundert stand, konnte indessen auch eine

---

kreuzer-Zirkel ausser anderen Hermetischen Schriften auch gelesen „Jugels *Physica mystica sacra sacratissima*; Eine Offenbarung der uns unsichtbaren, magnetischen Anziehungskraft aller natürlichen Dinge und eine heilige Betrachtung der Grund - Einsicht, wie sich die Allerhöchste Einheit in der Vielheit offenbart hat und aus dieser wieder in die Einheit gehen soll. Zu Lob und Preis des höchsten einigen Gottes. Berlin, bei Decker, 1782“; übrigens auch der *Annulus Platonis* (diese oben besprochene letzte Ausgabe der *Aurea catena Homeri* war gleichfalls im Verlag von G. J. Decker erschienen).

*) Was das Buch bieten solle, wird durch den Titel dieser Uebersetzung so präcis angegeben, dass ich denselben doch vollständig hierhersetzen will: *Aurea catena Homeri, id est concatenata naturae historia physicochymica, latina civitate donata notisque illustrata a Ludovico Favrat M. D. Sol veritatis tenebras fugat. Francofurti et Lipsiae 1762.*

eigentlich alchemistische Schrift, wenn sie als von demselben Verfasser herrührend dargeboten wurde, auf gute Aufnahme rechnen; und nicht bloss Eine derartige Schrift sondern mehrere wurden denn auch darauf hin verbreitet. Schon in der „Vorerinnerung des *Editoris*" zur Ausgabe von 1723 ist bemerkt: „Man hätte hier wol einen dritten Theil *de Transmutatione Metallorum* beyfügen können, als welchen die *Possessores* unserm Schreiber zueignen wollen, — — Alleine man hat solches zu thun zur Zeit noch Bedencken getragen". Ueber die letzteren setzte man sich 1727 hinaus, wo, auch zu Frankfurt und Leipzig „zu finden bei dem *Autori*" „*Aureae catenae Homeri* Dritter Theil, *de transmutatione metallorum*" u. s. w. veröffentlicht wurde. Einen solchen dritten Theil haben auch die oben erwähnten Ausgaben des Werkes von 1728, 1738 und 1757, und 1770 erschien auch noch besonders zu Schwäbisch-Hall „*Liber III. catenae aureae Homeri de transmutatione metallorum.* Erste und ächte Auflage." Die letztere Druckschrift hat im Wesentlichen Dasselbe, was schon 1727 herausgekommen war; aber davon ganz abweichend ist der in der Jenaer Ausgabe von 1757 gebrachte III. Theil. Und wenigstens noch ein drittes alchemistisches Machwerk scheint unter dem nämlichen Titel dargeboten worden sein, da die Herausgeber der Ausgabe von 1781 in der Vorrede zu derselben (S. XXVI) von dreierlei Schriften sprechen, die den ächten zwei Theilen als dritter in verschiedenen Ausgaben beigedruckt aber alle untergeschoben seien, wesshalb auch keine in die Ausgabe von 1781 Aufnahme gefunden habe. Auch F a v r a t hat nur zwei Theile als ächt betrachtet und ins Lateinische übersetzt, und was als dritter Theil zu .meiner Kenntniss gekommen ist, lässt mich auch nicht daran zweifeln, dass es nicht von dem Verfasser jener zwei Theile herrührt.

In welchem Ansehen das in diesen zwei Theilen Enthaltene im vorigen Jahrhundert stand, wird uns zunächst durch die beträchtliche Anzahl von Ausgaben desselben bezeugt. Vor 1723 waren Abschriften der *Aurea catena Homeri* hoch geschätzt. Das wird allerdings wohl übertrieben sein, was in der „Vorerinnerung des *Editoris*" zu der Ausgabe von diesem Jahr (an deren Schluss die Varianten verschiedener Manuscripte sorgsam angegeben sind) gesagt ist: dass vordem für eine Abschrift bis zu 1000, für die Gestattung

der Einsichtnahme in eine solche bis zu 60 Thaler bezahlt worden
seien, und noch übertriebener wird sein, was in der „Nacherinnerung"
zu dieser Ausgabe dem Leser zu glauben zugemuthet wird *). Aber
auch als das Buch gedruckt zu haben war, legte man noch auf
handschriftliche Exemplare Werth, wie ja Dies bei Werken, die auf
Geheimwissen Bezug haben, auch sonst vorkam. In einem 1786 aus-
gegebenen Katalog von alchemistischen, kabbalistischen und ähnlichen Manuscripten, von welchen durch einen Buchhändler in Wien
Abschriften zu festen Preisen zu beziehen waren, ist auch eine Copie
des Werkes, welches in Vielem abweichend als *Aurea catena Homeri*
und später als *Annulus Platonis* gedruckt worden sei, mit etwas
über 20 Gulden notirt (eine Copie eines bedeutend kürzeren Schriftstücks, welches gleichfalls *Aurea catena Homeri* betitelt ist, beträchtlich niedriger; ich habe auf Das, was dieser Katalog bezüglich dieser
Schriftstücke enthält, gegen das Ende der vorliegenden Besprechung
hin zurückzukommen), und vor einiger Zeit ist mir eine von
Fr. Carl von Schwarzburg-Rudolstadt 1777 selbst geschrie-
bene Copie des nämlichen Werkes als zierliche alchemistische Handschrift zu etwas geringerem Preis angeboten gewesen. Uebrigens
gehören jetzt auch die gedruckten Ausgaben dieses Werkes zu den
doch seltener vorkommenden Büchern, und manche sonst an derartigen Schriften reiche Bibliothek hat keine derselben. Seitens
gut unterrichteter Antiquare wird, wenn bei ihnen ein Exemplar
verkäuflich ist, wohl auch noch (wie z. B. im Katalog des antiquari-
schen Bücherlagers von J. Scheible in Stuttgart, Nr. 77, S. 10)
hervorgehoben, Das sei ein wichtiges alchemistisches Werk und einst
in Handschriften zu sehr hohen Preisen bezahlt gewesen. Eigentlich alchemistisch ist jedoch, wie bereits S. 12 zu · erinnern war,
der Inhalt der ächten zwei Theile dieses Werkes nicht, sondern
diese behandeln ausführlich in dem ebenda angegebenen äusseren

---

*) „Nach bereits gedruckter Vorerinnerung hat man von einem sichern
Freund noch erfahren, dass ein gewisser Reichs-Fürst vor diese *Catena
aurea* 30 tausend Thaler geboten, und derselben doch nicht habhaft werden
können; Und als unlängst ein grundgelehrter Freund, der tiefe Einsicht in
die Natur hat, von seinem Bruder dieses *Scriptum* zu lesen bekommen, hat
er bezeigt, dass er ihm 200 Ducaten vor die *communication* schuldig wäre".

Umfang die Entstehung der verschiedenen Schöpfungsproducte und den Zusammenhang, in welchem dieselben unter einander stehen.

Eine präcisere Vorstellung von dem Inhalt dieses Werkes (von dessen Schreibart eine etwas längere Probe S. 7 in der Anmerkung geboten ist und zwei andere S. 17 in der Anmerkung und gegen das Ende des vorliegenden Schriftchens hin mitzutheilen sind) in wenig Worten zu geben, erscheint mir als unmöglich, und selbst eine etwas längere Berichterstattung bleibt ungenügend.

Es soll in diesem Buch, wie der auch in anderen Ausgaben beibehaltene Titel der 1723 veröffentlichten (vgl. S. 10) verspricht, gelehrt werden der Ursprung der Natur und der natürlichen Dinge, wie und woraus sie entstanden sind und wie sie wieder zu Dem, aus was sie entstanden sind, werden können. Es ist eine Kosmogenie, die hier geboten wird, in vorzugsweiser Berücksichtigung Dessen, was die Erde betrifft und was noch auf ihr vorgeht, mit detaillirterer Bezugnahme auf angebliche oder vermeintliche chemische Erkenntniss, als meines Wissens vorher versucht worden war. Gott hat Alles aus dem grossen Nichts erschaffen, aus welchem zunächst etwas Dampfförmiges wurde, das sich zu dem chaotischen Wasser verdichtete: der Ursubstanz, aus welcher dann Alles, was wir in der Welt unterscheiden, geworden ist. In diesem chaotischen Wasser war neben materiellem Substrat eine geistige Kraft wirksam. Das chaotische Wasser unterlag unter dem Einfluss dieser Kraft einer als Fermentation und Putrefaction bezeichneten Veränderung, und schied sich dabei zu ungleich Flüchtigem und ungleich Fixem, zu Saurem und Alkalischem, zu Feuer oder Himmel, Luft, Wasser und Erde, und ausser diesen vier s. g. zerstörlichen Elementen entstand noch etwas Unzerstörliches. Was so entstanden war, wurde geordnet, vom Firmament einerseits bis zur Erde andererseits. Den vier Elementen wurde das Vermögen verliehen, chaotisches Wasser wieder zu bilden und so einen Universalsamen in steter Erneuerung desselben entstehen zu lassen. Das wiedergeborene Chaos oder der wahre Universalsame wird auch als *Spiritus mundi* bezeichnet; er, der namentlich im Thau und Regen ist, lässt animalische und vegetabilische Organismen, lässt auch Mineralien entstehen. In solchem

Wasser ist auch etwas als *Nitrum* und etwas als Salz Benanntes: zwei wichtigste Agentien für die Entstehung und Zerstörung von allem Sublunarem, zwei Agentien, welche in der Luft und in allen Dingen in der Welt enthalten sind und die ihrerseits auch als der Same der ganzen Welt angesehen werden können. Veränderlich ist Alles in Jedes: Mineralisches wird zu Vegetabilischem und Dieses zu Animalischem, und aus Animalischem kann Vegetabilisches, aus Beidem Mineralisches werden; bei solchen Umwandlungen spielt die Putrefaction eine wichtigste Rolle. Noch in anderen Beziehungen sind sehr verschiedene Körper wechselseitiger Umwandlung fähig; aus Flüchtigem kann Saures und aus Diesem kann Alkalisches werden, und auch in umgekehrter Richtung kann Umwandlung statthaben. Nach derartigen Auseinandersetzungen, welche sehr ausführlich gehalten sind und an vielfach eingestreuten Erörterungen chemischer Processe ihre Erläuterung und ihren Beweis finden sollen, wird abgehandelt die Entstehung der Animalien, die der Vegetabilien und die der Mineralien.

An den jetzt in einer nothwendig unbefriedigt lassenden Weise besprochenen I. Theil *de generatione rerum* schliesst sich der II. Theil *de corruptione rerum et anatomia earum* an, Darlegungen bringend, wie die verschiedenen Dinge in der Natur wieder zu Dem, aus was sie entstanden, umgewandelt werden, wie Animalisches, wie Vegetabilisches und wie Mineralisches zerstöret, nämlich zu Anderem wird, wie aus dem chaotischen Wasser eine Quintessenz zu erzielen ist, wie die den verschiedenen Naturreichen zugehörigen Gegenstände chemisch zu zerlegen sind, und auch Einiges über das s. g. Alkahest (ein Präparat, welches alle Körper aufzulösen vermöge). — Auch aus dem II. Theil hebe ich hier nur Weniges, was für uns als besonders Beachtenswerthes zu betrachten sein dürfte, hervor. Und dieses Wenige betrifft im Wesentlichen Solches, welches bereits im I. Theil im Allgemeinen erörtert war und nun variirt und in Einzelheiten dargelegt wird: namentlich die Umwandlung Dessen, was Einem Naturreich angehört, in Etwas, das einem anderen Naturreich angehört. Nicht was wir jetzt unter dem Kreislauf in der Natur verstehen, wird da gelehrt, sondern dass Umwandlungen der so eben angedeuteten Art auf einem Hin- und Hergang in der Natur beruhen. Aus Mineralischem wird Vegetabilisches und aus diesem

wird Animalisches; aber aus dem letzteren wird nicht direct wieder
Mineralisches, sondern erst Vegetabilisches, das dann zu Mineralischem werden kann*). Recht naïv werden (in dem 4. Cap. des II. Theils)
auf diesem Uebergang von Animalischem in Vegetabilisches und
von diesem in jenes beruhende Umwandlungen besprochen; so wie
ein Esel in eine Kuh oder auch eine Kuh in einen Esel zu trans-
mutiren sei: indem man je das erstere Thier in der Erde verfaulen
und daraus Pflanzen wachsen lasse und von diesen dann das zweite
Thier sich nähre und wachse, werde die Substanz des ersteren
Thieres in die des zweiten umgewandelt; die Transmutation eines
Menschen in einen Ochsen lasse sich in entsprechender Weise bewirken, und die umgekehrte in noch einfacherer Weise: wenn der
Mensch sich von Ochsenfleisch nähre, wobei aber doch noch besonders
hervorgehoben wird, „dass der gantze Ochse seine *specificationem
bovinam* in uns ableget und völlig *in substantiam humanum trans-
mutirt* wird, ohne die geringste Spur des *bovini participirend*".

Ich stehe davon ab, diesen Angaben über die Anlage und den
Inhalt des Werkes noch mehr ins Einzelne Eingehendes hinzuzu-
fügen. Es würde doch ungebührlich viel Raum beanspruchen, ver-
deutlichen zu wollen, welche Betrachtungen und Behauptungen da

---

*) Im 10. Cap. des II. Theiles sagt der Verfasser nach einer hierauf
bezüglichen Darlegung (nach der Ausgabe von 1723): „Aus solchem kann
jeder so viel schliessen, wie es in der schönsten Ordnung der Natur selbst
bearbeitet wird, und müssen bekennen, dass die *corrosivische Mineral* ehe
und zwar in eine *vegetabilische* Natur verändert wird, ehe es das *animale*
zur Speise geniessen soll und kan; und will die Natur selber sagen: Wilst
du ein *Mineral* geniessen, oder nur davon, so mache ein *Vegetabile* draus,
sonst wird es dir ein Grauss. Also wird das *minerale* durch die natürliche
Ordnung selbst ein *vegetabile*, und dann durch Geniessung erst ein *animale*
oder *naturae animali homogeneum*. Als auch hinwiederum wird das *animale
in terra putrefactum* erstlich ein *vegetativum* oder *Sal essentiale nitrosum*,
und so dieses *ad centrum per aquae dissolutionem* rinnet, so gehet es in ein
minerale. Solchergestalt siehet ja ein jeder Artist, wie die Natur als Vor-
läuffer und *Praeceptor* je und allezeit den Mittel-Weg gehet. Denn sie
springet nicht gleich von der *mineralischen* Natur zu der *animalischen*,
sondern zuvor *ad vegetabilem*, und so sie in diese verändert (denn erstlich
nimmt sie die *animali*tät als eine *homogene* Speise gar gerne begierig und
sine tergiversatione an): also *procediret* sie auch mit den *animali*en, welche
es zuvor *in superficie terrae in Regno vegetabili putreficiret* und *in naturam
salinam solubilem* bringet, und *adaptiret* solche *ad vegetationem*."

geboten, welcher Art die als Beweise zahlreich eingestreuten chemischen Erörterungen sind, und ein irgend genügendes Resultat
könnte ich von einem dahin gerichteten Versuch doch kaum erwarten.
Phantastisch allerdings aber für unsere Zeit doch wohl nicht mehr
geniessbar ist die da verkündete Lehre, die theilweise — ich komme,
wenn auch nur sehr kurz, darauf S. 31 f. zurück — an Solches erinnert,
was in einem dem (im fünfzehnten Jahrhundert lebenden) Marsilius Ficinus zugeschriebenen Tractat sich findet, was (in dem
folgenden Jahrhundert) von Paracelsus vorgebracht wurde oder
was Andere haben, welche im Abendland Lehren der Neu-Platoniker
mit Andersartigem verquickten, die aber, so weit ich urtheilen
kann, mindestens in der Behandlung und Deutung der mannigfachen
da zur Besprechung kommenden Einzelheiten überwiegend selbstständig entwickelt wird. Vielfach ist geradezu unverständlich, was
in dieser *Aurea catena Homeri* gelehrt ist, und das Unverständliche
wird eher noch unverständlicher durch die angeblich erläuternden
Anmerkungen, welche die Ausgabe von 1781 hat. Es mag doch
Manchem schwer sein, namentlich bei dem ersten Einblick in die
Aurea catena, einzusehen, was Goethe an diesem Buch im Ganzen
zu der Zeit so gut gefallen haben mochte, als er es mit Fräulein
von Klettenberg studirte (in einer der deutschen Ausgaben; die
von Favrat in Dessen lateinischer Uebersetzung zu dem von der
Erzeugung der Thiere handelnden 21. Capitel des I. Theils gegebenen anatomischen und physiologischen Zusätze würden sich
dafür nicht geeignet haben), wenn auch bei eingehenderer Beschäftigung mit dem Buch Mehreres sich findet, was als ihm in jener Zeit
seiner Entwickelung zusagend sich wohl begreifen lässt. So z. B. die
Darlegungen, wie, was von oben kommt, auf das Untere einwirkt,
von welchem Einfluss die Ausscheidungen aus der Luft auf das
Erdreich und was es trägt sind, und wie von dem Unteren her
wieder nach oben Dampf und anderes Flüchtiges ausgegeben wird;
so die Auffassungen der Uebergänge von Solchem, was in der Erde
ist, in Pflanzen und von Vegetabilischem in Animalisches, und dass
Dieses wieder zu Vegetabilischem und Mineralischem werden könne,
als wahrer Umwandlungen je des Einen in je das Andere. Die
ganz allgemein hingestellte und dabei noch mehr, als in dem Vorhergehenden angedeutet ist, bis in Einzelheiten zugespitzte Lehre,

dass Alles in der Natur in Verknüpfung steht, war es, welche
Goethe selbst als ihn besonders ansprechend hervorgehoben hat.

In mancherlei Weise ist dieser Lehre figürlich Ausdruck gegeben.
Dass das Obere und das Untere unter sich verknüpft sind, wird
durch ein dem Werk vorgesetztes mystisches Bild dargestellt, auf
welchem *Abyssus superior* (das *Volatile*) als geflügelter Drache und
Abyssus inferior (das *Fixum*) als Fisch sich gegenseitig in den
Schwanz beissen, und in den als Erklärung dieser Figur zugegebenen
holperigen deutschen Versen („Erklärung der Figur *Abyssi Dupli-
eatae*, Oder Des doppelt flüchtig und fixen Abgrundes" sind dieselben
überschrieben):

> Ein Abgrund den andern rufft heraus*),
> Sie machen zusammen einen harten Straus:
> Das Flüchtige gantz fix soll werden,
> Wasser und Dampff sich kehren in Erden,
> Der Himmel selbst muss irdisch seyn,
> Sonst kommt ins Erdreich kein Leben ein.
> Das Oberste soll das Unterste seyn,
> Das Unterste wird das Oberste fein.
> Das Fixe soll gantz flüchtig werden,
> Ein Wasser und Dampff soll seyn die Erden,
> u. s. w.

ist noch ausdrücklich darauf hingewiesen, dass das Obere zum Unteren, und das letztere zum ersteren werden kann. Das entspricht
einem Satz eines uns nur in lateinischer Sprache bekannten Schriftstücks (es ist zwar auch ein s. g. phönicischer Urtext dazu gemacht
worden, welcher der Ausgabe des uns beschäftigenden Buches von
1781 beigegeben ist): der bei den Alchemisten nachweisbar seit dem
dreizehnten Jahrhundert in hohem Ansehen stehenden *Tabula
smaragdina* des Hermes; *quod est inferius est sicut quod est superius,
et quod est superius est sicut quod est inferius*, heisst es da.   In
dem Werk, mit welchem wir es hier zu thun haben und in welchem
auf diesen Satz öfters (u. a. auch in der in der Anmerkung auf S. 7
wiedergegebenen Stelle) Bezug genommen wird, ist (in Cap. 6 und 7 des

---

*) Ob hierzu Favrat in der von ihm gefertigten lateinischen Ueber-
setzung mit Recht an den 42. Psalm, Vers 8 erinnert („Deine Fluthen
rauschen daher, dass hier eine Tiefe und da eine Tiefe brausen; alle deine
Wasserwogen und Wellen gehen über mich", lautet dieser Vers in Luther's
Uebersetzung), mag dahin gestellt bleiben.

I. Theils z. B.) geradezu das *Superius et inferius Hermetis*, die *Aurea catena Homeri*, der *Annulus Platonis* als Dasselbe bedeutend hervorgehoben: die Umwandelbarkeit je einer Art von Geschaffenem in je eine andere, den Kreislauf der Materie durch verschiedene Formen, so dass durch mehr oder weniger Zwischenstufen hindurch Eins zu einem Anderen und dann das letztere wieder zu dem ersteren werden kann. Die allen Ausgaben des Werkes vorgesetzte Darstellung des unter den erwähnten Symbolen begriffenen Zusammenhangs lässt denselben nur nach Einer Richtung hin ersehen; diese Darstellung, von deren Ueberschriften die eine den älteren, die eine andere den für die Ausgabe von 1781 gewählten Titel abgegeben hat, ist nachstehend aus der ältesten Ausgabe (der von 1723; die verschiedenen Ausgaben zeigen einige Varianten) wiedergegeben:

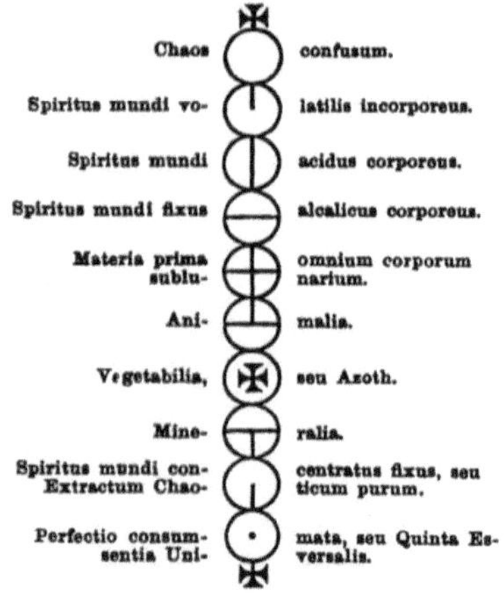

Dazu gehört denn auch wieder eine in Versen abgefasste s. g. Erklärung, überschrieben „Erklärung *Aureae Catenae Homeri*, Oder Die güldene Kette des Homeri" und beginnend:

Die Kette H o m e r i sich also beweiset:

○ Nachdem das *Chaos* von sammen sich reisset,
   Selbe muss schmieden ein flüchtiger Geist;
☉ *Spiritus mundi* sein Name heist.
   Reiff, Thau, Schnee, Regen und alles von oben
   Sich ihme zu treuer Gesellschafft verloben.
   Hier steckt der flüchtige Saame der Welt
   Vom obern Reich, wenn er ins untere fält,
   Daraus er sich einen Cörper annimmet,
   Wenn sichtbar vor unsern Augen erklimmet.
⊕ *Nitrum* bekannt ist der gantzen Welt,
   Wer ist, der all seine Tugenden erzehlt?
     u. s. w.

in welcher ein Glied der Kette nach dem anderen in einer Weise abgehandelt wird, welche auch wieder Dem, was man sich etwa dabei denken kann oder denken will, einen weiten Spielraum lässt.

Auf welchen Grund hin, auf was sich beziehend war dieser Darlegung, dass Alles in der Natur in Verknüpfung stehe, Jedes mit jedem Anderen direct oder indirect zusammenhänge, ursprünglich*) der Titel *Aurea catena Homeri* gegeben, und welche Bewandtniss hat es damit, dass als Dasselbe, wie dieser Ausdruck, bedeutend auch *Annulus Platonis* gesetzt war, welcher letztere Ausdruck Denen, welche die 1781 veröffentlichte Ausgabe der uns beschäftigenden Schrift besorgten, als ein dem Inhalt derselben so entsprechender erschien, dass sie ihn als Titel dem ursprünglich gewählten substituirten?

Fassen wir zunächst in's Auge, was unter *Aurea catena Homeri* verstanden sei. Da dürfte vor Allem eine irrige Vorstellung zu beseitigen sein, die man sich in Beziehung darauf, um welches

---

*) Dass der Titel *Aurea catena Homeri* dem hier in Besprechung stehenden Buche von dem Verfasser selbst gegeben war, geht nicht nur aus der Bemerkung in der „Vorerinnerung des *Editoris*" zu der ersten Ausgabe (von 1723): „Bey dem Titel des Buchs hat man alle *Charletanerie* vermeiden und ihn lieber so schlechthin setzen wollen, wie ihn der *Autor* selbst entworffen hat", hervor, sondern mit Bestimmtheit namentlich daraus, dass der Verfasser in einem anderen Werk: dem *Microscopium Basilii Valentini* (über welches weiterhin einige Mittheilungen zu machen sind), sich auf jenes erstere als auf „meine *Aurea catena*" bezieht.

Homer's goldene Kette es sich handele, machen könnte, wenn man die später (S. 36) zu erörternde, mit grosser Bestimmtheit vorgebrachte Aussage beachtet, dass der Verfasser dieses Buches dem Rosenkreuzer-Bund angehört und in dem letzteren den Namen Homerus geführt habe. Man könnte vermuthen, dass der Titel *Aurea catena Homeri* einer als *Aurea catena* bezeichneten Darlegung des sich Homerus nennenden Verfassers gegeben worden und dass es irrig sei, an eine nähere Beziehung zu dem grössten Epiker des griechischen Alterthums bez.-w. zu den Dichtungen, die unter Dessen Namen zusammengefasst worden sind, zu denken. Jene Aussage erweist sich aber als unzuverlässig; es wird sich zeigen, dass Diejenigen, welche sie machten, über die Person des Verfassers der fraglichen Schrift nicht so gut unterrichtet waren, dass man ihnen das eben Erwähnte glauben dürfe. Aber auch wenn das von ihnen bezüglich des Bundesnamens des Autors Angegebene wahrheitsgemäss sein sollte, wäre die im Vorstehenden als eine denkbare zur Besprechung gebrachte Vermuthung als unzutreffend zu beurtheilen, denn viel mehr spricht dafür, dass eine nach dem alten griechischen Sänger Homer benannte goldene Kette als das Symbol gemeint ist, welches dem Verfasser des uns beschäftigenden Buches für den Inhalt des letzteren als passend erschien; möglich wäre dann noch aber unerwiesen ist (ich komme darauf gegen das Ende des vorliegenden Schriftchens hin zurück), dass nachher dem Verfasser dieses Buches selbst von Solchen, die seine Richtung theilten und mit ihm in Verbindung standen, der Beiname Homerus zuerkannt worden sei. — In eine weit hinter uns liegende Zeit werden wir zurückgewiesen, in welcher bereits eine goldene Kette als das Symbol dafür genommen wurde, dass in der Natur Alles unter sich verknüpft sei. Es ist doch wohl der Mühe werth zu verfolgen, welche Bedeutung die goldene Kette von Homer an bis in eine uns näher liegende Zeit in der Darlegung vermeintlich tieferer Erkenntniss der Natur gehabt haben soll oder gehabt hat, und im Anschluss an diese Betrachtung mag auch darauf eingegangen werden, wesshalb wohl, was die hier in Besprechung stehende Schrift enthält, auch als *Annulus Platonis* bezeichnet worden ist.

Wie bei Homer in der Ilias VIII, 18 ff. Zeus auf eine goldene Kette (σειρὴν χρυσείην) Bezug nimmt, an welcher dieses Gottes

Ueberlegenheit über die anderen Götter sich zeigen könnte, ist schon frühe und noch spät in dem Sinne gedeutet worden, dass darunter eine wichtige Naturerkenntniss versteckt sei. Zeus, den versammelten Göttern verbietend, den Achäern oder den Troern beizustehen, giebt seinem Verbot Nachdruck durch den Hinweis darauf, wie er weitaus der Mächtigste unter Allen sei:

> Auf wohlan, ihr Götter, versucht's, dass ihr All' es erkennet,
> Eine goldene Kette befestigend oben am Himmel;
> Hängt dann all' ihr Götter euch an, und ihr Göttinnen alle:
> Dennoch zögt ihr nie vom Himmel herab auf den Boden
> Zeus den Ordner der Welt, wie sehr ihr rängt in der Arbeit!
> Wenn nun aber auch mir im Ernst es gefiele zu ziehen:
> Selbst mit der Erd' euch zög' ich empor, und selbst mit dem Meere;
> Ja die Kette darauf um das Felsenhaupt des Olympos
> Bänd' ich fest, dass schwebend das Weltall hing in der Höhe!
> So weit rag' ich vor Göttern an Macht, so weit vor den Menschen!

Wie man diese Stelle verstehen zu sollen geglaubt hat, mag uns zunächst das zu ihr von Heyne in Dessen Ausgabe der Dichtungen Homer's (*T. V, Lipsiae* 1802, *p.* 414 *s.*) Angemerkte ersehen lassen: *Omnino de Catena Homerica multa sunt argutati veteres, ratione inde petita, quod a Sole omnis terra et mare et aër pendent. Ita ipse Plato in Theaeteto, ludendo tamen verius quam philosophando, et Stoici, de quorum cosmologia videndi qui philosophica antiquorum placita exposuere. Alia argutatur Heraclid. Alleg. Hom. 36. Pope acutius quoque suspicabatur, latere in his notitiam aliquam veterum de vi Solis attrahendi ad se sidera errantia. Proclive enim est substituere multa ac varia ubique in opinionibus et dogmatibus ad tropos, figuras, allegorias, semel revocatis, aut ex iisdem deductis. Si tamen quaeritur, quo sensu haec ab antiquo poëta, quisquis ille fuerit, dicta sint, apparet, redeundum esse ad antiquissimam simplicitatem, quae ex rudi sensu et adspectu res aestimabat: necesse est hominem cogitasse de situ partium universi hujus: subjacere aërem caelo, aëri terram et mare, haecque tanquam catena vincta teneri et nexa e caelo. Hoc ei satis esse potuit ad comminiscendum exemplum, quo Jovis vires declararet, qui eam catenam manu tenere videri potest. Plura equidem haud requiram: etsi concedam, inventum esse tale, ut materiam serioribus facile tribuere posset ad elaboratiorem et sagaciorem sententiam haud unam, neque irascar,*

*si quis in hanc, alius in aliam, concedat. Ridet haec Lucian.
D. D. 21.* — Auf was als von Platon im „Theaetetos" leichthin
geäussert Heyne da hinweist, mag auch gleich hier in der lateinischen Uebersetzung stehen, welche die Zweibrückener Ausgabe
der Schriften Platon's (*Vol.* II, *Biponti* 1782, *p.* 71 *s.*) hat: Sokrates möchte im Verfolg einer hier nicht weiter zu erörternden Betrachtung auch Bezug nehmen auf *ipsam catenam auream* [τὴν χρυσῆν
σειράν], *quam nihil aliud quam solem Homerus dicit ac ostendit: quia
quousque solis circuitus perseverat, omnia tam deorum, quam hominum,
sunt atque servantur. sin autem hoc quasi ligatum staret, confestim
omnia dissolverentur, eveniretque quod dicitur, sursum deorsum omnia.*

Eine goldene Fessel (δεσμὸν χρύσεον) findet man in der Ilias noch
einmal in einer Stelle erwähnt, welche gleichfalls in dem Sinne, dass
sie sich auf Naturkunde beziehe, gedeutet worden ist. Die Stelle ist
die XV, 18 ff. stehende, wo Zeus die Here bedrohend sie daran erinnert, wie er sie um der dem Herakles bei Dessen Heimfahrt von
Ilios gespielten Intrigue willen gezüchtigt habe:

> Denkst du nicht, wie du hoch herschwebtest, und an die Füss' ich
> Zween Ambosse gehängt, und ein Band um die Hände geschürzet,
> Golden und unzerbrechlich? Aus Aetherglanz und Gewölk her
> Schwebtest du; ringsum traurten die Ewigen durch den Olympos.

Fr. Creuzer sagt in seiner Symbolik und Mythologie der alten
Völker I. Theil (3. Ausgabe, Leipzig u. Darmstadt 1836), S. 74 f., zunächst in Beziehung darauf, dass Homer selbst Sänger anführe,
welche Götter- und Heroëngeschichten vorgetragen haben: „Es ge-
nüge hier an zwei Stellen zu erinnern, worin der erzürnte Zeus die
Here an eine Geschichte erinnert und ihr mit einer ähnlichen Bestrafung droht, wie sie vormals von ihm erlitten. Dieser Mythus
hatte schon in einer Heraklee gestanden, und die Strafe war durch
eine arglistige Verfolgung, die Here sich gegen Herakles zu Schul-
den kommen lassen, motivirt worden; sie war schon eine epische
Handlung vor Homerus gewesen, und dieser letztere hatte nur das
Verdienst, sie mit der Trojanischen Kriegsgeschichte verflochten, und
sie durch den Hass der Göttin gegen die Trojaner motivirt zu haben."
Creuzer citirt bezüglich der durch die Here erlittenen Strafe
Ilias XIV, 249 ff. (wo der Veranlassung zu dieser Bestrafung gedacht ist) und XV, 18 ff., und verweist dann u. A. auf Heyne's

Bemerkungen zu der letzteren, im Nächstvorstehenden wiedergegebenen Stelle. Aus diesen (Heyne's Ausgabe der Dichtungen Homer's *T. VII, Lipsiae* 1802, *p. 7 s.*) ist hier Kenntniss
von Dem zu nehmen, was über die Deutung oder Bedeutung der
peinlichen Situation, in welche Here durch Zeus gebracht wurde,
gesagt ist: *Si secundum ea, quae antiquitus tradita tenemus, jam olim
fuisse ponas poëtas cosmogonicos, qui atmosphaeram seu aërem inferiorem per Junonem, ut aetherem per Jovem, declaraverant: cum terram
et mare inferiorem locum tenere, apta tamen et nexa dicere vellent ex
superioribus elementis esse inferiora: facile ii eo devenire potuerunt,
ut Junonem inter aetherem et terram ac mare pendentem sibi animo
fingerent, et terram ac mare per duo pondera, pedibus deae appensa,
declararent. Fabulam autem ex carmine antiquiore repeti, ex ipsis
poëtae verbis apparet etc.* (Darauf was dann noch Zeus' brutale Behandlung der Here in einem etwas milderen Lichte soll erscheinen
lassen können: dass diese Art der Bestrafung früher nichts Unge-
wöhnliches gewesen sei u. s. w., ist hier nicht einzugehen.) Creuzer selbst spricht sich aber — daran anknüpfend, dass dieser Mythus
schon vorher in einer Heraklee gestanden habe — da dahin aus:
„Ein alt-hieratisches Symbol kosmischen Inhalts, den Zusammenhang des Aethers mit der Atmosphäre und den unteren Elementen
vorstellend, war vor jenem älteren Herakleendichter bereits in einen
Mythus umgedeutet und von ihm mit den Leiden und Abentheuern
des Herakles in Verbindung gebracht worden, ohne dass er selbst
schon etwas vom ursprünglichen Sinne dieses Mythus ahnen mochte."
Dass in solche Mythen wichtigste auf die Entstehung und den
Bestand der Welt bezügliche Wahrheiten eingekleidet seien, war
gegen den Anfang unserer Zeitrechnung hin die Ansicht der Stoiker;
dass die Weltordnung auf dem Gleichgewicht der Elemente beruhe,
wie die Vorsehung Dieses festgesetzt habe, erschien ihnen durch die
Homerische Erzählung von der Fesselung und Befreiung des Zeus
(Ilias I, 395 ff.), die Entstehung und Reihenfolge der Elemente durch
die Aufhängung der Here, die Ordnung der Weltsphären durch die
goldene Kette, an welcher sich Zeus' Kraft gegenüber der der
Olympier erweisen könnte, angedeutet (E. Zeller in Dessen Philosophie der Griechen, III. Theil, 1. Abtheil., 2. Aufl., S. 304, auf Grund
des in den Homerischen Allegorien des Heraklitos, welcher wahr-

scheinlich unter Augustus lebte, Enthaltenen). — Solche Mythen verspottete im zweiten Jahrhundert n. Chr. Lucian, namentlich den letzterwähnten Mythus in dem XXI. seiner Göttergespräche (in der Lehmann'schen Ausgabe der Werke Lucian's *T.* II, *p.77 ss.*), wo Ares in einer Unterhaltung mit Hermes sich über Zeus' Prahlerei, dass Dieser alle Götter sammt Erde und Meer an einer Kette emporzuziehen vermöge, aufhält, und in der als „Der widerlegte Zeus" betitelten Schrift (daselbst *T.* VI, *p.* 224 *s.*), in welcher ein Freidenker Kyniskos unter anderen unangenehmen Fragen auch die an Zeus richtet, ob auch die Götter Dem, was die Parzen verfügen, unterworfen seien, und auf erhaltene bejahende Antwort spottet, was denn dann die Drohung mit der goldenen Kette bedeute, wenn Zeus mit der Kette und allem daran Hängendem selbst an dem Faden der Parzen hänge.

Eine goldene Kette, welche verschiedene Arten von Geschaffenem verknüpfe, spielt dann wieder bei Neu-Platonikern eine gewisse Rolle, speciell bei dem im fünften Jahrhundert lebenden Proklos, da bei der Entwickelung von Ansichten über die Erschaffung der Welt, wie sie von Orpheus ausgegangen seien.

Ich habe selbstverständlich von dem Versuch abzustehen, hier die als Orphische in verschiedener Weise vorgebrachten Kosmogonien darzulegen: welche Principien: der Chronos, die Nacht, das Chaos, der Aether u. a. als früheste gesetzt, in welcher Reihenfolge sie als vorhanden gedacht, welche Beziehungen zwischen dem Aether und Zeus angenommen wurden, und was Alles mehr für die Verdeutlichung jener Ansichten in Betracht kommt; eine vergleichende Zusammenstellung dieser Kosmogonien findet man im IV. Theile von Fr. Creuzer's Symbolik und Mythologie (3. Ausgabe, S. 79 ff.). Aber ich habe mich auch Dessen zu enthalten, entscheiden zu wollen, ob das Symbol der goldenen Kette als in Geistesproducten, die als Orphische betrachtet worden sind, vorkommend schon früher, als zur Zeit der Neu-Platoniker bez.-w. bei Anderen bezeugt sei. Ich kann nur sagen, dass die *Orphica,* wie sie Gottfr. Hermann (*Lipsiae* 1805) herausgegeben hat, mich in dieser Beziehung Anderes, als was bei Proklos steht, nicht finden liessen, und dass auch Lobeck's *Aglaophamos sive de theologiae mysticae Graecorum causis libri tres* (*Regimontii Prussorum* 1829) — ein Werk, das ich immer nur mit dem Gefühle nachschlage, welches nach Schiller der Lyriker Ibykos in der Nähe von Korinth empfand, als in Poseidon's Fichtenhain er trat mit frommem Schauder ein — mir in dieser Hinsicht Nichts ergab.

Wiederum weiss ich nicht, ob bei Neu-Platonikern, welche älter sind als Proklos, das Symbol der goldenen Kette als ein von Orpheus gebrauchtes beachtet wurde. Bei dem im dritten Jahrhundert lebenden Plotinos scheint nach den Registern zu der Fr. Creuzer'schen Ausgabe der Werke dieses Philosophen (*Oxoniae* 1835) und dem *Index auctorum* in der A. Kirchhoff'schen Ausgabe (*Lipsiae* 1856) sich nichts darauf Hinweisendes zu finden, und auch in Arthur Richter's Schrift „Die Theologie und Physik des Plotin" (Halle 1867) wird in Dem, was da (S. 107 ff.) über die Körperwelt, auch die Himmelskörper und die Bewegung des Himmels gesagt ist, jenes Symboles nicht erwähnt. Auch der in den letzten Decennien des dritten und den ersten des vierten Jahrhunderts lebende Jamblichos hat, wenigstens in der Schrift von den Mysterien (*Jamblichi de mysteriis liber, ed. G. Parthey, Berolini* 1857), Nichts in diesem Sinne. Eben so wenig der in der ersten Hälfte des fünften Jahrhunderts lebende Syrianos in seinem Commentar zu dem II., XII. und XIII. Buch der Metaphysik des Aristoteles, und selbst da Nichts, wo (in der Venetianer Ausgabe der lateinischen Uebersetzung des Hieron. Bagolinus von 1558 f. 33^r) Solches, was die Schöpfung nach Orpheus' Vorstellung betrifft, erwähnt wird. Derjenige, welcher der Nachfolger des Syrianos als Lehrer der Platonischen Philosophie zu Athen und als Vertreter der neu-platonischen Ansichten gewesen ist: Proklos, dessen Wirksamkeit überwiegend der zweiten Hälfte des fünften Jahrhunderts angehört, gedenkt, wie bereits zu erwähnen war und sogleich näher zu erörtern ist, bei der Darlegung kosmogonischer Ansichten wiederholt des Symboles der goldenen Kette, und bringt zu diesem Ausdruck die Namen des Orpheus und des Homer in Beziehung. Wenn auch die Möglichkeit vorhanden ist, dass schon sein Vorgänger sich in dieser Richtung ergangen haben möge (Syrianos hat über die Orphische Theologie, auch über die Uebereinstimmung des Orpheus, Pythagoras und Platon geschrieben, welche Werke aber verloren sind), wird nach Dem, was wirklich bekannt ist, anzunehmen sein, was M. S. F. Schöll (Geschichte der griechischen Litteratur, III. Bd., Berlin 1830, S. 378) dahin aussprach: Proklos habe die Träumereien seiner Vorgänger noch mit einer mystischen Auslegung der Mythen, der Orakel, und besonders der orphischen Gedichte vermehrt.

Wie Proklos in seinem Commentar zum Timaeos des Platon auf die goldene Kette (σειρὴν χρυσείην) als Verschiedenes verknüpfend Bezug nimmt*), mag hier angegeben werden, unter Verweisung auf C. E. Chr. Schneider's Ausgabe des griechischen Textes (*Vratislaviae* 1847) in Th. Taylor's englischer Uebersetzung (*London* 1820). Im II. Buch dieses Commentars (96 A; bei Schneider *p.* 225, bei Taylor *Vol.* I, *p.* 264) werden Zeus und die Nacht in tiefsinniger Auffassung Dessen, was von ihnen gedacht und gethan werde, vorgeführt: *Jupiter, comprehending in himself wholes, produces in conjunction with Night all things monadically and intellectually, according to her oracles, and likewise all mundane natures, Gods, and the parts of the universe. Night therefore says to him asking, how all things will be a certain one, and yet each be separate and apart from the rest:*

> *All things receive inclosed on ev'ry side,*
> *In aether's wide ineffable embrace:*
> *Then in the midst of aether place the heav'n;*
> *In which let earth of infinite extent,*
> *The sea, and stars, the crown of heav'n, be fixt.*

But after the has laid down rules respecting all other productions, she adds:

---

*) Σειρά in dem Begriff *series*, auf Aneinandergereihtes bezüglich, Verknüpfung bedeutend, kommt bei Proklos öfter vor; vgl. u. A. Fr. Creuzer's *Initia philosophiae ac theologiae ex Platonicis fontibus ducta sive Procli Diadochi et Olympiodori in Platonis Alcibiadem commentarii*, im Register (*P.* III, *Francofurti a. M.* 1822, *p.* 389) unter jenem Wort. Ich habe mich oben auf die Mittheilung solcher Stellen beschränkt, wo speciell der goldenen Kette gedacht ist. Wollte man über die Grenzen hinausgehen, innerhalb deren ich mich halten zu sollen geglaubt habe, so dürfte namentlich eine im VI. Buch des Commentars des Proklos zum Parmenides des Platon (in Cousin's Ausgabe der Werke des Proklos *T.* VI, *Parisiis* 1827, *p.* 102) stehende Stelle in Betracht kommen.

And when your power around the whole has spread
A strong coercive bond, a golden chain
Suspend from aether.

This bond which is derived from nature, soul and intellect, being
perfectly strong and indissoluble. For Plato also says, that animals
were generated, bound with animated bonds. Orpheus, likewise,
Homerically calls the divine orders which are above the world, a golden
chain. Daran, dass Orpheus Solches sage, wird unter noch-
maliger Anführung der nächstvorstehenden Verse im III. Buch des
Commentars (146 E; bei Schneider *p.* 346 *s.*, bei Taylor *Vol.* I,
p. 406) erinnert, bei der Erörterung, dass alle Dinge ein Band verknüpfe, in dem Ausspruch: *A bond is threefold. For the common*
powers of the elements are one bond; the one cause of bodies is another;
and a third is that which is the middle of both the others, which
proceeds indeed from the cause of bodies, but employs the powers that
are divided about body. And this is the strong bond, as the theologist
says, which is extended through all things, and is connected by the
golden chain. For Jupiter after this, constitutes the golden chain,
according to the admonition of Night.

But when your pow'r etc.

wozu Taylor anmerkt: *This golden chain may be said to be the*
series of unities proceeding from the one, or the ineffable principle of
things, and extending as far as to matter itself. And of this chain,
the light immediately proceeding from the sun is an image. Und
noch einmal, auch im III. Buch des Commentars zum Timaeos
(173 F; bei Schneider *p.* 410, bei Taylor *Vol.* II, *p.* 9): *The bond*
which proceeds from intellect and soul is strong, as Orpheus also says;
but the union of the golden chain [i. e. of the deific series] is still
greater, and is the cause of greater good to all things.

Das Vorhergehende mag einige Anhaltspunkte abgeben, ersehen
zu lassen, in welcher Weise in früher Zeit die goldene Kette des
Homer als das Symbol des Verknüpftseins verschiedener Arten Dessen,
was geschaffen ist, hingestellt bez.-w. aufgefasst wurde. Weitere Auf-
schlüsse darüber, welche Bedeutung diesem Symbol bei den Neu-
Platonikern und speciell den der Alexandrinischen Schule angehörigen
gegeben wurde, finden sich in den von mir eingesehenen Werken
über die letztere nicht. Wenn auch J. Simon (*Histoire de l'Ecole*

d'Alexandrie, Paris 1845, *T.* I, *p.* 137) bei der Besprechung der griechischen Philosophen und Polygraphen der beiden ersten Jahrhunderte und der sich anschliessenden im Allgemeinen Dessen gedenkt, dass die Theorie von der *chaîne dorée* von Einfluss auf die Richtung der späteren Neu‑Platoniker gewesen sei, so erörtert er doch Dies nicht genauer, und J. Matter (*Essai historique sur l'École d'Alexandrie, Paris* 1820) und E. Vacherot (*Histoire critique de l'École d'Alexandrie, Paris* 1845 — 1851) gehen auf diesen Gegenstand gar nicht ein.

Als ein diesem Symbol entsprechendes findet man die Ringe des Platon genannt. Da, wo F. Hoefer (*Histoire de la chimie,* 2. *éd., T.* I, *Paris* 1866, *p.* 245 *s.*) von der Magie im Alterthum handelt, sagt er, als die Kette des Homer sei eine der hauptsächlichsten Lehren der Magie von den Vertretern der letzteren bezeichnet worden; die Kette des Homer und die Ringe des Platon seien oft synonyme Ausdrücke für die Vorstellung, dass Alles im Universum in wechselseitigen Beziehungen und in einer Verkettung stehe, welche durch das Fehlen eines einzigen Ringes in der Kette unterbrochen sein würde. Ich habe in Dem, was ich über Magie bei den Alten nachsehen konnte (u. A. in Ennemoser's Geschichte der Magie, Leipzig 1844, und in A. Maury's *La magie et l'astrologie dans l'antiquité et au moyen age, Paris* 1860), keines dieser beiden Symbole erwähnt gefunden, und weiss über die Ringe des Platon nur, was über solche und den Zusammenhang derselben die „Ion“ betitelte Schrift enthält. In diesem Dialog (die betreffenden Stellen stehen in der Hirschig'schen Ausgabe der Werke Platon's *Vol.* I, *p.* 391 *s.*; ich setze sie aus Hieron. Müller's Uebertragung dieser Werke Bd. I, S. 21 u. 24 hierher) lässt Platon den Sokrates zu dem Rhapsoden Ion sagen: „Nicht eine Kunst ist es, dass es in Deiner Gewalt steht, gut über Homeros zu sprechen, sondern eine göttliche Kraft, die Dich aufregt, wie sie in dem Steine liegt, den Euripides den magnetischen nannte, die Meisten den Herakleïschen. Denn auch dieser Stein zieht nicht bloss die eisernen Ringe selbst an, sondern erzeugt auch in diesen Ringen eine Kraft, so dass sie wiederum Dasselbe wie der Stein zu thun vermögen, andere Ringe anzuziehen, und dass bisweilen eine ganz lange Kette von Eisenstückchen und Ringen aneinanderhängt; diesen allen

aber ist von dem erwähnten Steine die Kraft verliehen. Ebenso
schafft die Muse selbst Begeisterte; indem aber durch diese Be-
geisterten Andere aufgeregt werden, bildet sich eine Kette." — — —
„Weisst Du nun, dass der erwähnte [ein Hingerissener] Zuschauer
der letzte der Ringe ist, von denen ich sagte, dass sie durch den
Herakleïschen Stein voneinander die Kraft bekommen? Der mit-
telste bist Du, als Rhapsode und Darsteller, der erste ist der Dichter
selbst. Der Gott aber zieht durch diese alle die Seele der Menschen,
wohin er will, indem er die Kraft des Einen an die des Andern knüpft".

Als von dem fünfzehnten Jahrhundert an mit Anderem, dessen
Kenntniss während des Mittelalters zurückgetreten war, auch die
Schriften Platon's und die Lehren der Neu-Platoniker wieder
in Europa zu Beachtung kamen, wird man im Abendland auch mit
den hier uns beschäftigenden Symbolen und den ihnen gegebenen
Auslegungen bekannt geworden sein. Aber ich kann keinen Beleg
dafür beibringen, dass die goldene Kette des Homer da besonders
berücksichtigt worden sei; wenigstens ergab sich mir bei dem Nachsehen in Schriften Solcher, auf welche jene Lehren besonderen Ein-
druck machten und bei welchen sich hiernach die Berücksichtigung
dieses Symboles am Ersten vermuthen liesse, nur eine äusserst
dürftige Ausbeute, wenn ich überhaupt von einer sprechen darf.
Nichts auf die goldene Kette Bezügliches fand ich bei Marsilius
Ficinus (auch nicht da, wo Dieser — *f.* CXXX*v* *s.* der Venetianer
Ausgabe seiner Briefe von 1495 und *p.* 934 der Baseler Ausgabe
seiner Werke von 1576 — Hymnen des Orpheus in lateinischer
Sprache wiedergiebt, oder wo er — am ersteren Orte *f.* CXXI*v* —
auf Orphische Anschauung in Betreff der Sonne Bezug nimmt oder
— daselbst *f.* XXXVIII*v* — das Vorhandensein einer göttlichen
Weltordnung berührt), noch in dem demselben an der Verbreitung
neu-platonischer Lehren so vorragend betheiligten Gelehrten zugeschriebenen Tractat *de arte chimica*, welcher letztere (er steht
in Manget's *Bibliotheca chemica curiosa T.* II, *Genevae* 1702,
p. 172 *ss.*) übrigens Manches enthält*), an was der S. 15 ff. dürftig

---

*) Z. B., was in *Cap.* VIII über die Weltschöpfung, das Chaos und die
Abyssus, die Anordnung der verschiedenen Theile des Geschaffenen im Welt-
raum, die Beziehungen zwischen dem Oberen und dem Unteren u. A. steht.

skizzirte Inhalt des hier in Besprechung stehenden Buches erinnert,
Nichts bei Johannes Picus von Mirandola, bei Reuchlin
(auch nicht in Dessen Schrift *de verbo mirifico* da wo in deren
III. Buch *Orphei mysterium de nocte, coelo et aethere* besprochen
wird) — bei Schriftstellern aus jener Zeit, bei welchen eine Erwähnung dieses Symbols wohl zu erwarten wäre.   Keine Bezugnahme
auf es hat Paracelsus, welcher auch unter dem Einflusse neu-
platonischer Vorstellungen stand: als das für die Schöpfung Thätige
eine göttliche Urkraft, den Yliaster ($\H{v}\lambda\eta$-*astrum*) annahm, welcher
bei dem Schöpfungsact zu einem Urwesen, dem dem Chaos der
Alten entsprechenden Ideos geworden sei, aus welchem dann Alles,
was in der Welt ist, hervorgegangen sei: zunächst die Elemente und
später die Organismen auf Grund der Zersetzung eines Urschleims
unter besonderer Wirkung des Wassers und der Wärme (M. B. Les-
sing's Paracelsus, sein Leben und Denken, Berlin 1839, S. 89,
wo an die Aehnlichkeit dieser Ansicht mit einzelnem schon bei
Neu-Platonikern Vorkommendem unter specieller Hinweisung auf
Plotinos und dessen Nachfolger erinnert wird).   In des Agrippa
von Nettesheim (1486 — 1535) wüstem Werk *de occulta philo-
sophia* wird bei der Besprechung der magischen Wirkungen des
Mondes (*L.* II, *cap.* 32 am Ende) der goldenen Kette gedacht; bis
zu diesem Gestirn erstrecke sich vom Höchsten her die zwischen
allen Himmelskörpern und den Wirkungen derselben bestehende
Verknüpfung, *quam Plato vocat catenam auream.*   Nichts von dem
Symbol der goldenen Kette hat des Athanas. Kircher (zuerst
1641 veröffentlichtes) Werk: *Magnes sive de arte magnetica opus
tripartitum*, auch Nichts im III. Buch, welches überschrieben ist
*Mundus magneticus sive catena magnetica, qua rerum omnium
naturalium magneticus in hoc universo nexus disquiritur*; und wo
der Verfasser in der Zueignung seines Werkes an den Deutschen
Kaiser Ferdinand III. — welcher da nicht etwa als hervorragen-
der Patron der Alchemie mit dem von den Hermetikern Dem, von
welchem ihr Wissen ausgehe: dem Hermes gegebenen Prädicat,
sondern so fern er zugleich *pius, justus* und *victor* sei, als
$\tau\varrho\iota\sigma\mu\acute{\epsilon}\gamma\iota\sigma\tau o\varsigma$ benannt ist — *catenas aureas* glänzen lässt, sind
diese nicht in dem hier in Betracht kommenden sondern in
anderem Sinne: zu weiterer Veranschaulichung, wie S. Majestät

sich dem Magnet vergleichbar anziehend verhalte, gemeint (*Trahis vero etiam omnes tot catenis aureis ex ore tuo fluentibus, quot loqueris gentium linguis*). Und vergeblich geht man, Erwähnung gedachten Symbols hoffend, desselben Verfassers (1667 zuerst veröffentlichtes) Werk: *Magneticum naturae regnum* durch, in welchem auch das Wort „magnetisch" in sehr weitem Sinne gebraucht ist; selbst wo man gewiss glauben möchte, jetzt werde diese Erwähnung kommen (wie in *Sect. II, cap.* 4, welches Capitel beginnt: *Nihil verius esse, quam omnia in omnibus, satis superque magnetica haec rerum catena demonstrat, qua omnes res ita arcte sibi invicem connectuntur, ut etiam si contrariarum sint qualitatum, in unum tamen latente quodam rerum omnium consensu magnetico coeant*, und wo dann die *mira rerum concatenatio* noch des Weiteren besprochen wird), begegnet man ihr nicht. Aber die (1676 erschienene) *Sphinx mystagoga* K i r c h e r's enthält Einiges, was in doch mindestens etwas näherer Beziehung zu Dem, was hier gesucht wird, steht, wenn auch in *Pars* II, *cap.* 1 (*De hieroglyphicorum natura et proprietate*) bei der Aufzählung verschiedener Arten von Ketten der goldenen bez.-w. der des H o m e r nicht gedacht ist. In diesem Capitel, dessen Anfangs-Inhalt in den Worten *Hieroglyphica ad numina attrahenda vim habere putabantur* resumirt ist und besonders hervorhebt, dass Diejenigen, welche zuerst von dieser Art von Schriftzeichen Gebrauch machten, nicht aufs Gerathewohl hin dafür die Bilder beliebiger gewöhnlicher Gegenstände wählten, *sed eas [imagines] potissimum, quas longo studio et experientia, ex abditis naturalium characterismorum sigillis, ad mundanas geniorum catenas magnam habere similitudinem, proprietatem et analogiam norant, assumendas duxerunt*, wird dann weiter gesagt: *Quae quidem tanto putabantur efficaciores, quanto majorem, ad mundanae alicujus catenae numen choragum, similitudinem exprimebant; ut proinde hinc numinum catenae, quas σείρας vocant, originem traxerint; ad quas omnia ea, quae sive in sidereo, sive hylaeo mundo, in quadrupedibus, volatilibus, vegetabilibus, mineralibus, ad numen, certae catenae cujuspiam praesidem, analogiam quandam virtutibus suis prae se ferre videbantur, tanquam numini istius catenae tutelae commissa, assumerent. Hoc pacto C a t e n a O s i r i a c a, H e rm e t i c a, I s i a c a, S e r a p i c a, M o m p h t a e a, atque innumerae aliae quas in A s t r o l o g i a et M e d i c i n a H i e r o g l y p h i c a adduximus,*

erant certae quaedam rerum, ex diversorum mundorum ordinibus as-
sumptarum, classes, in quibus singulae res, quantumvis etiam dispara-
tae fuerint, numinis catenae alicui praesidentis virtutes et proprietates
exprimebant. Von dem Symbol der Kette als einem auf Geheimwissen
bezüglichen ist dann in diesem Werk noch mehrmals die Rede; so in
Pars II, cap. 5, §. 3, wo gesagt wird, dass die im Besitz des durch
Hieroglyphen ausgedrückt gewesenen Wissens befindlichen Alten,
cui genio quaelibet res subjecta esset, cuive potentiae praesidi, infe-
rioris mundi, sydereique entia, sympathica, id est amica cognatione,
concordarent, u. A. *ex mysticis rerum mundanarum catenis, quas*
σείρας *vocabant, discebant,*   so in *Pars III, cap.* 1, wo darauf
Bezug genommen ist, dass die Hieroglyphen als geheime Götter-
Symbole, *uti etiam analogas mundorum catenas respiciebant, iisque*
connectebantur: ita magnam quoque ad Deos sollicitandos vim
et efficaciam in theurgica operatione continere credebantur. —
Sonst wüsste ich leider Nichts davon, dass in Schriften des fünfzehnten bis siebzehnten Jahrhunderts, welche geheime Naturkunde
zum Gegenstand haben, das Symbol der goldenen Kette vorkäme,
und dem der Ringe des Platon bin ich in solchen Schriften nicht
begegnet.

Ich kann hiernach nicht behaupten, dass an etwas allgemeiner
Bekanntes der Titel des Werkes erinnert habe, von welchem Goethe
sagt, dass durch es die Natur, wenn auch vielleicht auf phantastische
Weise, in einer schönen Verknüpfung dargestellt werde. Die Verknüpfung oder Verkettung, in welcher verschiedene Arten von Geschaffenem unter einander stehen, ist hier unter der *Aurea catena*
Homeri verstanden, und in keinem anderen Sinn ist da dieses Symbol
und das als mit ihm gleichbedeutend hingestellte: der *Annulus Pla-*
tonis gebraucht.   Eine Kette, eine goldene Kette bietet sich als
Gleichniss noch für manches Andere, und ist so auch für Anderes
angewendet worden. Sammlungen von Stellen, welche den Commen-
taren der Kirchenväter entnommen nach der Reihenfolge der Bücher
der heiligen Schrift an einander gehängt wurden, waren z. B. im
Mittelalter als Ketten bezeichnet; als *glossa continua s. catena aurea*
ist eine solche Sammlung des Thomas von Aquino zu den vier
Evangelien überschrieben, und solche *catenae* wurden dann mehrfach

hergestellt; als eine σειρά ist eine derartige Sammlung des Nike-
phoros Hieromonachos zu den Büchern Moses' und anderen
Theilen des alten Testamentes überschrieben (Grässe's Lehrbuch
einer allgemeinen Literärgeschichte u. s. w., I. Abtheil., 1. Hälfte,
Dresden und Leipzig 1839, S. 245 u. 253). Was Athan. Kircher
über die Zusammenstellung von Solchem, das als in Verknüpfung
stehend angesehen worden, zu s. g. Ketten in uralter Geheimlehre
ausgesagt bez.-w. sich gedacht hat, ist S. 33 f. mitgetheilt. Es liegt
mir fern, in die Besprechung aller von ihm aufgezählten Ketten ein-
treten zu wollen. Nur Eine Kette: eine Kette wiederum ganz
anderer Art und von anderem Alter als die da erwähnten, habe ich
hier noch zu berücksichtigen. Es wird nämlich die Reihe der Philosophen, in welche auch Proklos gehörte, als eine goldene (auch als die
von Hermes ausgehende) Kette bezeichnet: so im fünften Jahrhundert in der durch Marinos aus Neapolis in Palästina verfassten
Biographie des Proklos (vgl. J. A. Fabricius' Ausgabe derselben,
p. 64 u. 68), und wohl hierauf Bezug nehmend, sagt Th. Taylor in
der Einleitung zu seiner Uebersetzung des Commentars des
Proklos zum Timaeos, in der goldenen Kette der Philosophen,
welche die Lehren Platon's dargelegt haben, sei Proklos das um-
fassendste und glänzendste Glied. Aber nicht mit Recht erinnert
Lappenberg in seiner ansprechenden Schrift „Reliquien der Fräulein Susanna Catharina von Klettenberg" (Hamburg 1849),
S. 272 gerade an diese Bedeutung des Symbols der goldenen Kette
zur Verdeutlichung des Titels des von Goethe in der oft angegebenen Weise erwähnten Werkes; zu der Reihe der Neu-Platoniker steht, was da als *Aurea catena Homeri* gegeben ist, nicht
in der von Lappenberg vorausgesetzten Beziehung. Die goldene Kette, auf welche er hinweist: die von Hermes ausgehende
goldene Kette bedeutet die Verknüpfung erkennender Geister; die
goldene Kette des Homer bedeutet die Verknüpfung zwischen verschiedenen Arten von Geschaffenem.

Es ist schliesslich noch auf die Frage einzugehen, wer der Verfasser dieses Werkes gewesen sei, und im Zusammenhang damit,
welcher Zeit die Abfassung des Buches angehöre.

In verschiedenen Ausgaben des als III. Theil der *Aurea catena Homeri* veröffentlichten alchemistischen Tractates (vgl. S. 12 f.) finden sich hierauf bezügliche Andeutungen. In der Vorrede zu der Ausgabe dieses Tractates von 1727, wo anhangsweise einige von Dr. Paulus Lauder gesammelte und angeblich gegen das Ende des siebzehnten Jahrhunderts im chursächsischen alchemistischen Laboratorium bewährt befundene Processe mitgetheilt sind, ist ausgesprochen, dieser mir übrigens unbekannte Lauder sei der Verfasser des ganzen Werkes. Die Ausgabe des III. Theiles von 1757 hat eine, Utrecht den 18. October 1654 datirte Vorrede des Verfassers, welcher darin sich als Denjenigen hinstellt, der auch die zwei ersten Theile geschrieben habe. Da der III. Theil als untergeschoben zu betrachten ist, kommt diesen Angaben keinerlei Bedeutung zu. — In der „Vorerinnerung des *Editoris*" der Ausgabe der zwei ersten Theile von 1723 ist gesagt, dass dieses Werk eines zur Zeit noch unbekannten Verfassers bisher in Abschriften gesucht und verbreitet gewesen sei, aber Nichts darüber, seit wann. — Ohne Begründung spricht Favrat in der Vorrede zu seiner lateinischen Uebersetzung sich dahin aus, der anonyme Verfasser dieser zwei Theile habe im siebzehnten Jahrhundert gelebt.

Eine sehr bestimmte Angabe über den Verfasser der uns hier beschäftigenden Schrift — der ächten zwei Theile — hat die Vorrede zu der Ausgabe von 1781, welche Vorrede diese Ausgabe als eine von Rosenkreuzern besorgte erkennen lässt und die Schrift selbst als das Werk eines Rosenkreuzers hinstellt. „Der in Gott ruhende Verfasser derselben," heisst es da (S. IX), „nannte sich Herwerd von Forchenbrunn, war Lehrer der Arzneikunst zu Cromau und Landphysikus in Mähren, auch ein würdiges Mitglied unserer geheimen Verbrüderung, in welcher er den Namen Homerus führte"; als „unser Bruder Homerus" wird dann auch der Verfasser in dieser Ausgabe das ganze Werk hindurch in den da beigefügten zahlreichen Anmerkungen vorgeführt. Darauf hin hat auch G. von Loeper in seinen Anmerkungen zu Goethe's „Dichtung und Wahrheit" (im XXI. Theil der Hempel'schen Ausgabe der Werke Goethe's S. 349) Herwerd von Forchenbrunn als den Verfasser der *Aurea catena Homeri* genannt. — Von rosenkreuzerischer Seite ist aber, auch um 1780, so viel Unwahres angegeben worden, dass auch diese Angabe dafür, dass man ihr Glauben schenken dürfe, einer anderweitigen Unterstützung sehr bedarf. Eine solche hat sich jedoch bei meinen darauf gerichteten Nachforschungen nicht erlangen lassen. Ueber einen Herwerd von Forchenbrunn habe ich nirgends, auch nicht in den über alchemistische Literatur oder über Solche, die dem Rosenkreuzer-Bund angehörten, Auskunft gebenden Schriften Etwas gefunden. Es erschien als möglich, dass eine ziemlich seltene, zu Berlin 1783 veröffentlichte alchemistische Schrift: „Herverdi Erklärung des mineralischen Reichs“ denselben Verfasser habe und über ihn einigen Aufschluss gebe, und ich habe sie mir zur Einsicht verschafft; sie giebt sich jedoch als von einem Jos. Ferd. Herverdi, M. D. zu Rotterdam, geschrieben. Umsonst wendete ich mich nach Oesterreich, von Solchen, die mit den diesem Reiche zugehörigen Schriftstellern besser bekannt sind als ich, Etwas über einen Herwerd von Forchenbrunn zu erfahren, und auch der Versuch, direct aus Kromau in Mähren Auskunft zu erhalten, ob und wann da ein Mann dieses Namens gelebt habe, blieb ohne Resultat.

Auf das Städtchen Kromau und einen Mann ähnlichen Namens weist jedoch in Beziehung darauf, wo und von wem das hier in Besprechung stehende Werk verfasst sei, noch Anderes hin, was später zu meiner Kenntniss kam. Es existirt ein 1786 veröffentlichter, jetzt als Rarität bei den Antiquaren im Verhältniss zu seinem Umfang (es sind nur 50 Seiten Klein-Octav mit einem 12 Seiten umfassenden Anhang) in unwürdig hohem Preise stehender *Catalogus manuscriptorum chemico-alchemico-magico-cabalistico-medico-physico-curiosorum*, dessen schon einmal (S. 14) zu gedenken war; derselbe kam zu einer Zeit in meinen Besitz, als ich mich umsonst angestrengt hatte, Etwas über einen Herwerd von Forchenbrunn und ob ein so benamster Mann überhaupt existirt habe, herauszubekommen, wo ich aber doch noch ab und zu an der *Aurea catena Homeri* zog. In diesem Katalog finden sich allerlei für den Liebhaber derartiger Schriften interessante Bemerkungen bezüglich der Manuscripte, von welchen Copien durch Vermittelung des Buchhändlers Gräffer jr. in Wien zu (S. 11 ff. zugleich mit der Bogenzahl jedes Manuscriptes) angegebenen festen Preisen bezogen werden konnten. Zwei von diesen Manuscripten kommen uns nach den Angaben hier in Betracht, die über ihren Inhalt als den Text der *Aurea catena Homeri* bringend oder vervollständigend gemacht sind; denn mindestens für das eine derselben — das als zweites hier zu besprechende — geht schon daraus, wie sein Umfang ein nur geringer war, hervor, dass es nicht das oder alles in den gedruckten Ausgaben der ächten zwei Theile Stehende enthalten habe, so fern diese zwei Theile in diesen Ausgaben fast 25 Druckbogen mittleren Octav-Formates füllen (eine für es gemachte Notiz weist auch darauf hin, dass es Zusätze zu Dem, was gedruckt sei, enthalte). — In diesem Katalog ist (als im Umfang von 62 Bogen in Copie für 20 Fl. 40 Kr. Ö. W. zu beziehen) aufgeführt S. 34 unter Nr. 193: „Das Buch der Weisheit zum langen Leben, und vollkommenen Gesundheit, und Reichthum, in welchem die hohe Wissenschaft des zeitlichen Guts, und langen Lebens ohne allem Hinterhalt, ohne aller parabolischen Redensart, ohne Figur und Metaphoren klar, deutlich, umständlich mit allen Manipulationen und Handgriffen beschrieben, und in zwei Bücher abgetheilet. Dieses ist das unter dem Namen *Aurea catena Homeri*, und später unter *Annulus Platonis* herausgekommene Buch, das aber von dem gedruckten in vielen abweicht, auch am Ende des zweiten Buchs eine Schlussrede hat, die in keinen gedruckten zu finden ist". Und dann ein zweites Manuscript (als im Umfang von 18 Bogen in Copie für 6 Fl. zu beziehen) S. 34 f. unter Nr. 194: „*Aurea catena Homeri* oder eine philosophisch chemische Beschreibung von dem Ursprunge der Natur und natürlichen Dingen *etc. etc.* revidirt, corrigirt, recomponirt und mit vielen noch sehr schönen Arcanis naturalibus chemicis vermehrt, und illustrirt durch den selbst eigenen Authorem 1724. Den 1sten 7br. in Mährisch Krumau A. J. R. D. F. 1725. den 25 May complevit *Authore Gravinio.* Dabei ist folgende Anmerkung: *Author verus Antonius Josephus Kirchweger, A. A. L. L. Philosophiae utriusque Medicinae Doctor. Trium Principum.* Ferner: Der Author *Josephus Antonius Kirchweger de Forchenbron* ist den 8. Febr. 1746. zu Gmünden in Oberösterreich als k. k. Rath, und Salzkammergerichts Physikus gestorben. Hierinn sind die Zusätze so in dem gedruckten abgehen angemerket, und aus dem Original 1781. abgeschrieben".

. Damit war ich auf eine ganz andere Fährte als die bis dahin verfolgte gekommen, und ich säumte nicht, ihr nachzugehen. Zunächst handelte es sich darum, ob etwas Sicheres zu erfahren sei, was dem da über einen Jos. Ant. Kirchweger von Forchenbron Angegebenen zur Bestätigung gereiche. Durch freundliche Vermittelung des Herrn Reichsraths Baron Louis von Haber in Wien wurde Herr Hofrath Dr. Ritter M. A. von Becker, Archivar der K. K. Familien-Fideïcommiss-Bibliothek zu Wien, veranlasst, darauf bezügliche Nachforschung anzustellen. Ich verdanke dem Letzteren eine für die uns jetzt beschäftigende Frage erheblichste Auskunft, welche Derselbe mir im April 1879 gütigst zukommen liess: die Abschrift von zwei amtlichen Daten aus dem „K. K. Resolutionsbuch des Salzoberamtes Gmunden", welche ganz im Einklang mit Dem stehen, was in der eben mitgetheilten Bemerkung über die Existenz eines Jos. Ant. Kirchweger in Gmunden und das Todesjahr dieses Mannes angegeben ist. Bezeugt ist in diesen Acten bezüglich der Anstellung Desselben als Physikus in Gmunden unter dem 17. September 1735, dass „auf erfolgten Todtfall des alda gestandenen Kaiserlichen Physici Doctoris Vogls — — man über die in Vorschein gekomene Competenten sich des mehreren wegen ein und des andern Capacität informiren und berichten lassen, der Anton Josef Kirchweger sowohl wegen besitzenden guetten Studii als auch vor andern länger und von 30 Jahren her bei denen fürstlichen Höffen und Herschaften Auersperg und Liechtenstein geyebten Praxis und von daraus für ihme anbey eingebrachte diesfälligen guetten recommandationi — — vor dasiges Kammergueth der anständigste zu sein befundten, folgsamb zu der erledigten Physikat-Stelle daselbst wiederumb resolvirt worden"; und in Beziehung darauf, dass der Genannte in einem der ersten Monate des Jahres 1746 gestorben ist, giebt Beweis dafür ab ein in den Acten befindlicher Erlass vom 26. März 1746 an Dessen Wittwe Maximiliana Kirchwegerin, in welchem, „nachdem inhalt des oberämtlichen Berichtes kein Exempel vorhanden, dass eines Physici Wittib jemahlen eine Pension zu genuessen gehabt, alss wird der dermaligen Supplicantin Maximiliana Kirchwegerin wol aber hierauf verwilligt, dass derselben nebst dem Sterb- auch das Kondukt-Quartal verabfolgt werden möge".

Was in dem S. 37 f. angezogenen Manuscripten-Katalog bez.-w.
in der da unter Nr. 194 aufgeführten Handschrift bezüglich des
Verfassers des als *Aurea catena Homeri* betitelten Werkes steht, hat
hiernach mindestens die Möglichkeit der Glaubwürdigkeit in so fern
für sich, als wirklich ein Mann des Namens Anton Joseph Kirchweger und in solchen persönlichen Verhältnissen gelebt hat, wie
da angegeben ist. Denn dass die als früheste Andeutung, der
Name des Verfassers sei Ant. Jos. Kirchweger de Forchenbron, (die den vollen Namen bringende Bemerkung scheint später
zugefügt zu sein) gesetzten Anfangsbuchstaben in dem gedruckten
Katalog A. J. R. D. F. und nicht A. J. K. D. F. sind, mag doch nur
auf einem Schreib- oder Druckfehler beruhen. Daran, dass als die
Jahre, in welchen das Original-Manuscript — die zur Beschaffung
verkäuflicher Copien dagewesene Handschrift war nach der Schluss-
bemerkung eine im Jahr 1781 genommene Abschrift des Originals —
verfasst oder vollendet bez.-w. signirt worden sei, 1724 und 1725
angegeben sind, während doch schon 1723 nach vorher cursirenden
Handschriften das als *Aurea catena Homeri* betitelte Werk gedruckt
worden war, hat man auch keinen Anstoss zu nehmen, da (was hier
noch einmal hervorzuheben ist) dieses Manuscript — wie in der in
dem Katalog bezüglich der Handschrift Nr. 194 zuletzt gemachten
Bemerkung (vgl. S. 38) ausdrücklich gesagt ist und wozu der Umfang des Schriftstücks stimmt — Zusätze zu bereits früher Verfasstem
enthielt. Als eine Anzweifelung begründend, ob der so wie in den
durch den oft berührten Katalog reproducirten Bemerkungen in der
Handschrift Nr. 194 angezeigte Verfasser mit dem in Gmunden
1746 verstorbenen Salzoberamtes-Physikus identisch sei, wird auch
wohl nicht zu betrachten sein, dass in den vorhin mitgetheilten
Acten der Gmundner Behörde der Betreffende schlechthin als Ant.
Jos. Kirchweger und nicht so wie in der einen von jenen Bemerkungen mit dem Adels-Prädicat von Forchenbron namhaft
gemacht ist (einen etwa in dieser Beziehung zu erhebenden Zweifel
wüsste ich allerdings nicht direct zu beseitigen, auch nicht durch
Berufung auf eine mir zugegangene Notiz, nach welcher vor jetzt
mehr als 21 Jahren der Salinen-Aufseher Matthias Lechner in
Gmunden eine silberne Tabaksdose von einem achtzigjährigen,
nachher in Ischl gestorbenen Fräulein Johanna von Kirch-

weger erhalten hat, welche als Badegast bei ihm wohnte; diese
Notiz als etwa dafür sprechend hinzustellen, dass diese Dame eine
Descendentin des uns beschäftigenden Kirchweger gewesen sein
möge, welche noch den dem Letzteren zustehenden Adel geführt
habe, wäre schon danach gewagt, wie man in Oesterreich im gewöhnlichen Leben mit der Zuerkennung des Prädicats von sehr freigebig
ist); möglich wäre doch, dass besagter Ant. Jos. Kirchweger —
so wie in neuerer Zeit Wolfgang Müller von Königswinter
und manche Andere — sich nach seinem Geburtsort von Forchenbron geschrieben habe (dass ein so oder ähnlich heissender Ort in
Oesterreich existire, konnte ich jedoch nicht ausfindig machen). Aus
dem im Vorstehenden Hervorgehobenen ist, glaube ich, kein gültiger
Anhaltspunkt zu entnehmen, die Identität des als Verfasser der
Aurea catena Homeri bezeichneten Mannes mit dem Mann, auf
welchen sich die mitgetheilten Acten beziehen, zu bestreiten, und
einen solchen Anhaltspunkt geben mir auch die von mir nicht zu
deutenden Worte *Authore Gravinio* ab, die so wie S. 38 angegeben
in der Handschrift Nr. 194 stehen sollen; es scheint mir zu Nichts
zu führen, darauf einzugehen, ob hier an eine und welche der
mehreren dem Wort *auctor* ausser der gewöhnlichsten sonst noch
zukommenden Bedeutungen: Rathgeber, Gewährsmann u. a. zu
denken sei, und über Einen, der Gravinius geheissen habe, Etwas
zu erfahren ist mir nicht gelungen*). — Dagegen ist wohl beachtenswerth, in wie fern Das, was die in der Handschrift Nr. 194
sich findenden Bemerkungen, und Das, was die Gmundener Acten
haben, sonst noch in Einklang ist. Kromau wird in jenen Bemerkungen als der Ort genannt, wo der wesentliche Inhalt der Handschrift von dem Verfasser 1724 geschrieben worden bez.-w. 1725
geschrieben gewesen sei; 1735 ist Anton Joseph Kirchweger
zum Physikus in Gmunden auch unter Berücksichtigung davon

---

*) Dieser Gravinius scheint danach, wie sein Name auf dem S. 43
mitzutheilenden Titel einer das Antimonium und Präparate aus demselben
in lobpreisendem Sinne besprechenden Schrift vorkommt, ein Arzt gewesen
zu sein. Man könnte versucht sein, an den 1570 gestorbenen französischen
Arzt Jacques Grevin zu denken, da Dieser über den nämlichen Gegenstand geschrieben hat und der Name ein ähnlicher ist; aber Grevin war kein
Lobredner der Antimon-Präparate als Heilmittel, sondern warnte im Gegen-
theil in seinem *Discours sur les facultés de l'antimoine* (1567) vor denselben.

ernannt worden, dass Derselbe in den vorausgegangenen dreissig Jahren Arzt bei den fürstlichen Familien Auersperg und Liechtenstein gewesen sei (bereits als die eine der Bemerkungen in besagte Handschrift gesetzt worden, bei drei Fürsten aus diesen Häusern, sollte vielleicht durch die da hinter *Medicinae Doctor* stehenden Worte *Trium Principum* erinnert sein) und sich daher gute Empfehlungen erworben habe; Kromau gehört zu den Fürstlich-Liechtenstein'schen Besitzungen.

Nach dem Vorhergehenden hatte ich wohl Grund, die in der Vorrede zu der Berliner Ausgabe der *Aurea catena Homeri* von 1781 über den Verfasser dieses Werkes gemachte Angabe (vgl. S. 36) als eine solche zu betrachten, die höchstwahrscheinlich den Namen des Letzteren unrichtig habe, wenn sie auch darüber, an welchem Ort Selbiger das Werk geschrieben und in welchen äusseren Verhältnissen er da gelebt habe, theilweise Richtiges enthalten möge (seine Wirksamkeit als Lehrer der Arzneikunst zu Kromau dürfte wohl nicht hoch anzuschlagen sein sondern sich im besten Fall auf die Unterweisung von Bädern und Hebammen beschränkt haben). Dass Anton Joseph Kirchweger der Verfasser des fraglichen Werkes gewesen sei, stellte sich als wahrscheinlicher heraus. Aber die Entscheidung in einer Sache, die in immerhin so erheblicher Weise, wie es hier der Fall ist, Goethe betrifft, stützt man doch gern noch auf etwas mehr, als bis dahin beizubringen war. Ich habe gesucht, ob sich nicht noch weiteres Material für die Prüfung Dessen, was sich als das Wahrscheinlichere ergab, erhalten lasse. Der Gedanke lag nahe, dass ein Mann wie der Verfasser der *Aurea catena Homeri* wohl auch noch Anderes geschrieben haben möge und dass das letztere Indicien *pro* oder *contra* enthalten könne. Ich ging also auf die Suche nach so etwas Anderem. Aber wenn meiner Erinnerung nach der Name Kirchweger mir in der einschlägigen Literatur niemals vorgekommen war, konnte ich ihn auch bei speciell darauf gerichtetem Nachsuchen da nicht auffinden. Die von mir nachgeschlagenen Werke, welche alchemistische und medicinisch-chemische Schriften mit Einschluss der hermetisch-medicinischen namhaft machen — auch die Dies bis gegen das Ende des vorigen Jahrhunderts so vollständig leistende „Geschichte der Chemie“ von Joh. Friedr. Gmelin — oder welche die der medicinischen

Literatur zugehörigen Bücher nennen — wie namentlich K. Sprengel's „Versuch einer pragmatischen Geschichte der Arzneykunde" — oder welche die zu Freimaurerei und Rosenkreuzerei in Beziehung stehenden Schriften aufzählen — auch die in dieser Hinsicht so reichhaltige „Bibliographie der Freimaurerei und der mit ihr in Verbindung gesetzten geheimen Gesellschaften" von G. Kloss — enthalten Nichts unter dem Namen Kirchweger oder Forchenbron. Eine bestimmte Schrift von einem so sich nennenden Verfasser war also für weiteres Suchen nicht ins Auge zu fassen, aber es blieb noch übrig, mich an das Antiquariat mit der Anfrage zu wenden, ob Etwas von einem so sich Nennenden aufzutreiben sei. Und es giebt unter den Herren, welche mit alten Büchern handeln, Solche, die eine derartige Anfrage nicht bequem behandeln, sondern thun, was sich thun lässt, um ihr zu genügen. Ich bekam durch die Kössling'sche Buch- und Antiquariatshandlung (Gustav Wolf) in Leipzig wirklich Etwas, was Dem entsprach, was ich suchte.

Ein meines Wissens nirgends auch nur citirtes Buch ist das, welches den gerade nicht kurzen Titel hat: „*Microscopium Basilii Valentini, sive commentariolum et cribrellum* über den grossen Kreuzapfel der Welt ♁ , Ein *euphoriston* der ganzen Medicin, *ex theoria et praxi Gravinii, composuit Ant. Josephus Kirchweger de Forchenbron, U. M. Doctor* in Mährisch Kromau, allen *philo-medicis, chymicis, pharmacopaeis, chirurgis et singulis medicinae amatoribus, chymicaeque artis praeprimis fautoribus*, zu ihrem freundlichen *faveur* und *benevolenz*. Ein *compendium* der ganzen chymischen Scienz und *physica hermetica concentrata*; ein Werk, so noch nie gesehen worden, höchst nützlich zur *praxi* und der jetzigen Welt höchst nöthig. Berlin 1790" *). Der wesentliche Inhalt

---

*) Ich bemerke, um diesen Titel (welcher in der Hauptsache danach formulirt worden zu sein scheint, wie der Verfasser an dem Schlusse des Buches von dem letzteren spricht) etwas weniger unverständlich sein zu lassen, Folgendes. Der Ausdruck „Kreuzapfel" bezieht sich auf das alchemistische Zeichen ♁ für das Antimonium, ein Material welches für alchemistische Operationen und für die Darstellung angeblich wunderkräftiger Arzneien besonders von dem Bekanntwerden einer als von Basilius Valentinus verfasst veröffentlichten Schrift, des „Triumphwagens des Antimonii", an

dieses nach Aussage des Titels *) auch noch (wie die *Aurea catena Homeri* nach der S. 38 mitgetheilten Angabe) in Kromau geschriebenen Buches — vollständiger ist, was es enthält, nicht wohl mit wenig Worten anzugeben — ist die Darlegung, wie wirksame Arzneien aus Antimonium in zweckentsprechendster Weise zu bereiten seien, und der Verfasser giebt sich als Einen, welcher selbstständig und viel im Laboratorium gearbeitet habe. — In diesem Buche nun verweist der Verfasser wiederholt nicht etwa bloss schlechthin (so z. B. S. 46 und 100) auf die *Aurea catena*, sondern meistens (so S. IX der Vorrede und dann S. 19, 42, 79, 101, 123, 124, 164) auf „meine" *Aurea catena* bez.-w. auf Das, was e r in dem letzteren Werke gezeiget habe.

Ich würde hiernach den Beweis, dass Ant. J os. K i r c h w e g e r der Verfasser der *Aurea catena Homeri* gewesen sei, als vervollständigt ansehen, wenn die Ächtheit des letztbesprochenen Buches: dass es wirklich von dem eben genannten Manne geschrieben sei, ausser Zweifel stände. Dafür, zu bezweifeln, das *Microscopium Basilii Valentini* sei von K i r c h w e g e r verfasst, und dieses Buch als ein Demselben untergeschobenes zu betrachten, könnte einen Grund abgeben, dass es erst 55 Jahre nach dem Wegzug des Genannten von Kromau, 44 Jahre nach dem Tode Desselben veröffentlicht worden ist; man könnte vermuthen, eben so wie der angebliche III. Theil der *Aurea catena Homeri* sei auch das *Microscopium Basilii Valentini* unächt und für das letztere, das literarische Product eines Anderen, sei K i r c h w e g e r desshalb auf dem Titel als Verfasser genannt worden, um es als eine Arbeit des Mannes, von welchem ein anderes Werk: die *Aurea catena Homeri* in so hohem Ansehen gestanden habe, verkäuflicher zu machen. Derartige Bedenken scheinen mir jedoch einer genügenden Begründung zu ermangeln. Die Vermuthung, ein anderer Name als der des wirklichen Verfassers sei auf den Titel des Buches gesetzt worden, würde als eine unter diesen Umständen wahrscheinlichere dann dastehen, wenn der miss-

---

viel in Arbeit genommen wurde. Was unter jenem Zeichen verstanden und als Antimonium benannt wurde, war nicht Das, was wir jetzt Antimon (-Metall) nennen, sondern das natürlich vorkommende Schwefelantimon oder *antimonium crudum.*

*) Die Vorrede: *Autoris propria recommendatio artis et opusculi praesentis* ist nicht datirt.

brauchte Name ein zur Zeit der Veröffentlichung des betreffenden
Buches berühmterer gewesen wäre. Aber man darf nicht vergessen,
dass 1790 der Name Ant. Jos. Kirchweger ein in der Literatur,
auch in der Hermetischen, ganz obscurer war und dass für die
Aurea catena Homeri Kirchweger als Verfasser nur in dem S. 37 f.
besprochenen, gewiss zu nur beschränkter Verbreitung gekommenen
Manuscripten-Katalog genannt, in der letzten Ausgabe der *Aurea
catena Homeri* (der von 1781: vgl. S. 36) vielmehr ein Anderer als
Verfasser dieser Schrift angegeben war. Der Anerkennung, dass
das *Microscopium Basilii Valentini* ein *Opus postumum* des Verfassers der *Aurea catena Homeri* sei*), steht auch nicht im Wege,
was eine Vergleichung des Inhaltes des einen und des anderen
Buches, des Styles, in welchem, und der Denkungsweise, aus welcher
heraus das eine und das andere geschrieben sind, ergiebt.

Mehr, als das im Vorhergehenden Vorgebrachte, wüsste ich allerdings nicht dafür beizubringen, dass die *Aurea catena Homeri* und
das *Microscopium Basilii Valentini* von Einem Verfasser sind, aber
gar Nichts wüsste ich dagegen zu sagen. Was ich hier mitgetheilt
habe, genügt wohl, das Erstere annehmen zu lassen. Damit sind
aber auch die Anhaltspunkte dafür vervollständigt, Anton Joseph
Kirchweger als den Verfasser des ersteren Werkes zu betrachten.
Erwägt man einerseits, dass Derselbe 1746 starb, und andererseits,
dass schon vor 1723, dem Jahr der Veröffentlichung der ersten Ausgabe der *Aurea catena Homeri*, Handschriften von diesem Werk in
den Händen Mehrerer waren**) und dass eine Angabe vorliegt, nach

---

*) Wie einerseits auf dem Titel des uns jetzt beschäftigenden Buches,
andererseits auch in der Ueberschrift der Handschrift Nr. 194, welche S. 38
in Betracht gezogen wurde, Gravinius zu Erwähnung kommt, könnte daran
denken lassen, diese Handschrift habe Dasselbe enthalten, wie jenes Buch:
das *Microscopium Basilii Valentini*, und in dem letzteren seien die in der
Handschrift Nr. 194 gegebenen Zusätze (vgl. S. 40) zu der *Aurea catena
Homeri* veröffentlicht worden. Dem Umfang der einen und der anderen
Schrift nach könnte Das wohl sein; das *Microscopium Basilii Valentini*
füllt 172 Seiten mittelgrossen Octav-Formats in allerdings etwas splendidem
Druck, während die Handschrift Nr. 194 18 Bogen umfasste. Für eine ein
auch nur etwas wahrscheinlicheres Resultat versprechende Prüfung dieser
Vermuthung fehlen mir die Anhaltspunkte.

**) In der „Vorerinnerung des *Editoris*" zu der Ausgabe von 1723 sagt
der Letztere bezüglich Dessen, was dieser Ausgabe zu Grunde gelegt sei:

welcher eine Handschrift schon 1713 von Einem einem Anderen mitgetheilt worden sein soll *), so wird man wohl nicht viel fehl gehen,
wenn man die Zeit der Abfassung dieses Werkes in das erste Decennium des vorigen Jahrhunderts setzt.

Uebrigens hat der Verfasser der *Aurea catena Homeri* nach einer
in dem *Microscopium Basilii Valentini* stehenden Bemerkung noch
ein drittes Werk geschrieben. S. 19, nach der Besprechung, welche
Ansicht man über die Zusammensetzung des Antimonium habe und
dass die in Betreff dieses Gegenstandes gewöhnlich gezogene Schluss-
folgerung zu bestreiten sei, sagt er im *Microscopium*: „Besiehe meine
Aurea Catena; *item* mein Buch: *Ars Senum, seu Pandora redux*,
allwo das *verum principium naturale dialectice, demonstratiue et
practice* vor Augen gestellet wird; da wird man ganz andere *judicia*
machen“.   Von diesem dritten Werk ist mir jedoch sonst Nichts
bekannt geworden.

Die in der Vorrede zu der Ausgabe der *Aurea catena Homeri*
von 1781 stehende Notiz (vgl. S. 36) hat zwar als den eigentlichen
Namen des Verfassers einen unrichtigen, giebt aber doch den Zusatz
(von Forchenbron), mit welchem der Verfasser sich schrieb, und

---

„Nachdem mir 3 verschiedene *Exemplaria*“ [Handschriften] „von *differenten*
Orten zu handen kommen, habe ich solche zusammen mit Hülffe eines guten
Freundes fleissig *conferiret*, und da das eine ein gut Theil mehr als das
andere enthalten, so ist der Mangel, den der meisten ihre *Exemplaria* haben,
hier ersetzt worden“. Und in der „Nacherinnerung“ zu dieser Ausgabe
wird berichtet, man sei nach dem Druck des Textes in den Besitz noch eines
anderen Manuscriptes gekommen (die Varianten, welche dasselbe bei dem Ver-
gleichen mit dem gedruckten Text ergab, werden dann angegeben), das aber
als viel weniger vollständig und als eines, in welchem selbst ganz grosse
Partien gefehlt haben, befunden worden sei, „und so sind der meisten Herren
Possessorum ihre MSS. beschaffen“.

*) In der der Ausgabe von 1723 vorgesetzten „Vorerinnerung des *Edi-
toris*“ sagt Dieser: „es schreibet mir ein auswärtiger Liebhaber der *Chymie*,
nachdem ich ihm aus besonderer Freundschaft eine Copey überschickt hatte,
unterm 27. Jun. dieses 1722. Jahres folgendes davon zu: „Den *Methodum
dulcificandi* und *Alcalia fixa* zu *volatilisiren* habe vor 9 Jahren *practiciret*,
und dadurch *per tertium* ungemeine und wunderwürdige Curen — — verrich-
tet, und hätte vor zwölff Jahren tausend *Florenen* mit Freuden vor ein solches *Manuscript* gezahlet“.

wo Dieser gelebt hat (in Kromau), richtig an. Auch die Angabe, dass Derselbe dem Rosenkreuzer-Bund angehört habe, kann richtig sein, und dann auch, dass er in diesem Bunde den Namen *Homerus* geführt habe. Sehr möglich wäre aber auch, dass die Rosenkreuzer in Berlin, welche 1781 die letzte Ausgabe der *Aurea catena Homeri* besorgten, dieses Buch als ein der von ihnen vertretenen Richtung förderliches betrachteten, es als ihrem Interesse dienend beurtheilten, wenn dieses so viel verbreitete und so hoch gehaltene Werk als aus dem Kreise der Rosenkreuzer hervorgegangen angesehen werde, und desshalb den Verfasser desselben, der als längst verstorben nicht mehr dagegen protestiren konnte, einfach annectirten. Jedenfalls hätte der Inbetrachtnahme der Frage, ob der Verfasser der *Aurea catena Homeri* im Rosenkreuzer-Bunde den Namen H o m e r u s geführt habe, die bejahende Beantwortung der Frage vorauszugehen, ob Der-selbe denn überhaupt ein Rosenkreuzer gewesen sei.

Dafür, diese Frage zu bejahen, mangeln mir die Anhaltspunkte, während die Möglichkeit zugegeben werden muss, dass K i r c h - w e g e r ein Mitglied des Rosenkreuzer-Bundes gewesen sei oder, richtiger gesagt, geglaubt habe, Mitglied eines so zu benennenden weit verbreiteten Bundes zu sein, zu welchem als einem einheitlich organisirten die einzelnen Rosenkreuzer-Zirkel und speciell der, an welchen er sich angeschlossen haben mochte, gehören. Dem Inhalt nach, welchen die beiden mir zugänglich gewordenen Werke K i r c h w e g e r 's: die *Aurea catena Homeri* und das *Microscopium Basilii Valentini* haben, und der Denkweise nach, die sich in ihnen kundgiebt, können diese zwei Werke recht wohl von einem Rosenkreuzer geschrieben sein, so fern die Gegenstände, die da behandelt werden, solche sind, deren Bearbeitung als zu den in dem Rosenkreuzer-Bund zu lösenden Aufgaben gehörig hinge-stellt war, und die Denkweise des Verfassers im Allgemeinen eine ähnliche ist, wie sie in zahlreichen Schriften des sieb-zehnten Jahrhunderts herrscht, die als von Rosenkreuzern ver-fasst veröffentlicht worden sind. Andererseits jedoch waren die nämlichen Gegenstände und in nahekommender Weise auch von Solchen tractirt worden, die als Rosenkreuzer anzusehen gar keine Gründe und selbst Gegengründe vorhanden sind. Wenn für viele rosenkreuzerische Schriften des siebzehnten und des achtzehnten

Jahrhunderts die Frömmelei, welche in ihnen zur Schau getragen wird, als etwas Charakteristisches betrachtet werden möchte, und Derartiges, wenn gleich doch nur seltener und moderirt, auch in der *Aurea catena Homeri* vorkommt*), so kann auch Dies keinen Grund abgeben, den Verfasser dieses Werkes den Rosenkreuzern zuzurechnen; denn solcher Missbrauch von Ehrwürdigem findet sich auch in anderen Hermetischen Schriften aus der angegebenen Zeit, als nur in rosenkreuzerischen, und bis zu der Darbietung geradezu blasphemirender Allegorien gesteigerter ja selbst schon in Schriften, welche vor dem Aufkommen des Rosenkreuzer-

---

*) Der Art ist z. B., wie der Verfasser in dem 9. Cap. des II. Theils nach der Beschreibung der Darstellung eines gewissen chemischen Präparates zum Geheimhalten der daraus hervorgehenden Erkenntniss auffordert, weil es Gott zustehe, zu der Einsicht in Hermetisches Wissen zuzulassen, und ein auf Grund unberechtigter Mittheilung in ein Geheimniss Eindringender den Zorn und die Strafe Gottes zu gewärtigen habe. Die betreffende Stelle ist zwar etwas lang, ich will sie aber doch, namentlich auch so fern sie zu den bereits S. 7 und 17 (in den Anmerkungen) mitgetheilten Proben von der Schreibart des Verfassers eine weitere abgiebt, (aus der Ausgabe von 1723, S. 356 f.) hierhersetzen: „Nun so habe ich wieder einen Handgriff entdecket, den sehr viel unterlassen und nicht gewust, noch darauf *attendiret*. In diesem Streich habe ich *minorem* gesetzet; Du aber, fleissiger und *fundirter* Artist, wirst *a minori ad majus* zu *argumentiren* wissen, und die *consequenz* heraus schmieden, sonst kann ich dir weiter nicht helffen, wenigst hast du allhier einen Grund, fixe Sachen flüchtig zu machen, so du mich verstehest, gantz klar. Derowegen, so du es verstehest, so halte es geheim, und sey verschwiegen, und wiewol es so offen ist, dass jeder zur Thür eingehen kan, wenn ihm GOtt oder seine eigene Blindheit nicht einen Stock vorlegte, darüber er stolpert. *Aperta jam porta, intra jam in conclave, amice.* Bald hätte ich gefehlet. Mercke, ich habe Dir nun den Schlüssel gegeben, alle Schlösser aufzumachen; Allein es ist nicht ein Schloss wie das andere, wiewol sie mit einerley Vortheil zu eröffnen sind, so wird es doch vielerhand anlegens und probirens brauchen, und mancher gedencken, der Schlüssel ist nicht zu allen Schlössern recht gemacht. Da hast du nun den Schlüssel, und hast Hand die Pforten aufzusperren, und Fuss, dass du hineingehen kanst; Oder soll ich Dich tragen, wie die Hunde auf die Jagt? Nun wohlan! setze dich auf meinen Rücken, ich will dich bis zum nackenden König *per omnas portas* ins Bette tragen" [zum enthüllten Geheimniss leiten]. „Hüte dich aber, wenn der *Rex Naturae* kommt, die Gefahr ist über deinem Halse: Denn er wird zürnen, dein Gemüth ist Laster-voll, denn ists um dich geschehen. Darum tritt einher mit reinen züchtigen Geberden, auf dass du *malae conscientiae et oppositi mali reus* nicht *arguiret* werdest. Hüte dich, ich sage dirs, denn der König ist ein solcher Herr, *qui scrutatur corda et renes tuos*".

Spuks geschrieben waren — in den von den ersten Jahren des siebzehnten Jahrhunderts an unter Basilius Valentinus' Namen veröffentlichten z. B. Auf Grund solcher Erwägungen kommt man also zu keiner Entscheidung; aber auch sonst enthalten jene beiden Werke Kirchweger's eben so wenig Etwas, was die Zugehörigkeit dieses Mannes zu dem Rosenkreuzer-Bund ausschlösse, als Etwas, was auf dieselbe hinwiese. Kein Bekenntniss, nicht einmal eine verblümte Andeutung, dass der Verfasser ein Rosenkreuzer sei, findet sich; kein Zeichen, keine Chiffre, wodurch Dies sich verriethe; und auch nicht, dass auf andere rosenkreuzerische Schriften verwiesen wäre.

Wenn hiernach gar Nichts zur Unterstützung der in der Vorrede der Ausgabe der *Aurea catena Homeri* von 1781 ausgesprochenen Behauptung, dass der Verfasser dieses Buches dem Rosenkreuzer-Bunde angehört habe, vorliegt, so ist es ganz müssig, in die Prüfung der sich an diese Behauptung anschliessenden einzutreten, dass Derselbe in diesem Bunde den Namen Homerus geführt habe. In Beziehung hierauf lässt sich dem bereits S. 22 Gesagten nur hinzufügen, dass, wenn überhaupt der Verfasser ein Rosenkreuzer war, er in dem Bunde der letzteren diesen Namen eben so gut führen konnte wie einen anderen oder wie ein Anderer (den Namen Homerus führte, nach einer Zuschrift des Rosenkreuzers von Roepert an Wöllner vom 2. April 1786, damals ein Doctor Meier in Frankfurt an der Oder im Bunde; Geschichte freimaurerischer Systeme in England, Frankreich und Deutschland von C. C. F. W. von Nettelbladt, Berlin 1879, S. 773).

Was in dem zunächst Vorhergehenden erörtert wurde und unentschieden bleiben musste, ist jedoch von keiner wesentlichen Bedeutung für die Entscheidung der Fragen, welche als hauptsächliche in der letzten Abtheilung des vorliegenden Schriftchens zu untersuchen waren: wer der Verfasser der *Aurea catena Homeri* gewesen ist, durch welche selbst Goethe in seiner Jugend während geraumer Zeit und in solcher Weise gefesselt wurde, dass bei ihm die Erinnerung an die damals gemachte Bekanntschaft mit diesem Werk noch in erheblich späterer Zeit, als er „Dichtung und Wahrheit" schrieb, eine lebendige war, und auch sonst erkennbar ist, und wann dieses Werk geschrieben wurde.   Und nach dem hier Mitgetheilten sind diese Fragen dahin zu beantworten, dass — andersartiger Angabe entgegen — der Oesterreicher Anton Joseph Kirchweger der Verfasser der *Aurea catena Homeri* gewesen ist und dass er dieses Werk wahrscheinlich in dem ersten Decennium des vorigen Jahrhunderts, jedenfalls in einer diesem Jahrzehend naheliegenden Zeit geschrieben hat.